Iris en la Toscana

Isabel Jiménez

ISBN: 9798843993382
Sello: Independently published

Título: Iris en la Toscana

Cubierta: Isabel Jiménez
Maquetación y corrección: Sandra G @correccionessandrag

«Nunca pierdas la esperanza. Las tormentas hacen a la gente más fuerte y nunca duran para siempre».

Roy T. Bennet

LA SONRISA DE LA VIDA

La vida me sonreía al acostarme y al despertar. Al terminar el día, me recostaba al lado de la persona más mágica e increíble del mundo y tenía más de lo que nunca hubiera podido imaginar.

Mi trabajo me llenaba y me satisfacía a partes iguales. El negocio se había expandido y eso sí que no lo esperaba. Había conseguido abrir una segunda tienda de perfumes en el centro que me mantenía bastante ocupada. Violeta era la gerente de ambas tiendas y teníamos contratadas a dos personas que se dedicaban a la venta y distribución de mis perfumes. Yo andaba más ocupada en fabricarlos y en buscar hierbas, flores y maderas y, sobre todo, en documentarme para seguir innovando e ir aumentando nuestra colección cada año. Eso era lo que en realidad más me gustaba. Estaba tranquila sabiendo que Violeta llevaba ambos negocios y ella parecía encantada con su trabajo, aunque le ocupara la mayor parte del tiempo. Habíamos decidido ser socias y nos iba genial juntas. Estela, su hija, venía a la tienda desde el colegio cada tarde a ayudar a su madre a colocar los perfumes en los estantes y a recolocarlos una vez que los clientes se habían marchado. La niña disfrutaba de ello casi tanto como estar al lado de su madre.

Ambas hablaban sobre sus vacaciones de verano en la Toscana. Habían planeado ir a Florencia en verano y pasar allí los dos meses más calurosos del año para intentar recuperar algo del tiempo perdido, Violeta con su madre y Estela con su abuela. Violeta me había confesado que quería estrechar lazos con Piero, al fin y al cabo, era su hermano y debían dejar sus diferencias a un lado, pero que lo veía difícil, ya que ambas sabíamos el carácter que tenía. Julián y yo habíamos hablado de que estaría bien acompañarlas, aunque a él, la idea no le apasionaba demasiado. El viaje estaba más o menos planificado entre nosotras. Habíamos encontrado a una estudiante de empresariales que se haría cargo de la gestión de las tiendas el tiempo que Violeta y yo estuviéramos de vacaciones. Alguien que siempre que lo necesitábamos estaba allí para echarnos una mano.

Lo cierto es que, aunque fueran dos meses, se los merecía y yo, también. Nos lo habíamos ganado a pulso. Yo tendría la posibilidad, por una vez en mi vida, de coger más vacaciones de las que nunca había podido disfrutar y, además, podría estar tranquila sabiendo que alguien de confianza se quedaba a cargo de todo.

Los días de primavera quedaban atrás poco a poco y el verano cada vez se hacía más real, más palpable. Esa estación, que tantas alegrías me proporcionaba, dejaba paso al calor y a la humedad que tanto me molestaban. Lo único que me apasionaba del verano era mi jardín, que estaba resplandeciente y florido esa época. Todas las plantas me sonreían al amanecer y se abrían para mí al caer la mañana. Mi pequeño laboratorio de perfumes era lo más preciado que tenía en casa, junto con mi jardín. A pesar de que Julián y yo seguíamos manteniendo ambas casas, la mía era como mi refugio. Era más pequeña, más coqueta y además la consideraba más acogedora por mi bonito y preciado jardín. El cariño que yo le tenía a esa casa era lo mejor de todo, por eso decidimos que nos quedaríamos con ella a pesar de pasar más tiempo en la de Julián, sobre todo en la estación entrante, ya que allí podíamos disfrutar de su fantástica piscina y hacer barbacoas a la luz de la luna mirando los barcos como fondeaban cerca del puerto mientras las luces de sus interiores brillaban toda la noche. Solía imaginar que, dentro de alguno de aquellos barcos, habría una pareja que brindaba con champagne y comían ostras y caviar todo el tiempo mientras yacían tumbados en sus hamacas de piel, leyendo y charlando sin nada más que hacer. No puedo evitar que los pensamientos vuelen. Ya me conocéis, siempre soñando…

Aquel día había amanecido bastante veraniego e invitaba a estar cerca del mar e incluso a darse un baño. Salí a mi jardín a tomar mi primer café del día y a observar mis plantas y mis flores. Cogí mi agenda antes de salir y la dejé sobre la mesa mientras tomaba mi café aderezado con un poco de cacao y canela.

Me senté y pensé en cómo había cambiado toda mi vida. Ahora, volvía a ser como siempre había sido: equilibrada y serena, pero, además, había ganado en el amor y en la amistad y estaba la mar de feliz.

Julián hacía unos días que había tenido que salir de viaje y se encontraba a bastantes kilómetros, demasiado lejos de nuestro hogar. Hablaríamos por la noche cuando los dos hubiéramos terminado nuestra jornada laboral, como siempre hacíamos, y eso me animaba a llegar pronto a casa y prepararme para nuestra cita nocturna. Le había prometido ir con él a alguno de sus viajes, pero aún no había tenido ocasión de hacerlo. Los clientes se nos habían triplicado y debía hacer mezclas de perfumes que tenía atrasadas y conseguir que todos tuvieran sus perfumes a tiempo. Tarde o temprano, acabaría contratando a alguien que me ayudara en el laboratorio, sola ya no me bastaba.

Terminé mi café pensando en Julián y en cómo estaría por una de las ciudades más bonitas del mundo: Londres. Tenía que ir a supervisar unas obras en un apartamento en el centro, muy cerca del London Bridge. Una pareja londinense se había puesto en contacto con su padre para que les hicieran la reforma de su nuevo apartamento, pero solo los contrataría si Julián se hacía cargo del trabajo personalmente e iba a hacer él mismo las supervisiones de cómo iba quedando para dar su visto bueno. Aquel apartamento, que más que un apartamento era un palacio, le estaba dando demasiados quebraderos de cabeza y estaba de un humor de perros cuando las cosas no salían como él quería. Había dado órdenes explícitas de cómo quería que quedase todo, pero algunos operarios se saltaban las órdenes a la torera y después, había que tirar lo hecho y rehacerlo de nuevo, así como él les había ordenado y eso le ponía de los nervios. Le parecía una pérdida de tiempo total.

Recogí mi taza y salí hacia el trabajo, sin olvidar hacer unos estiramientos previos a mi salida. Hacía tiempo que no practicaba mis minutos de yoga al levantarme y notaba cómo tenía los músculos más entumecidos que nunca. Tenía que volver a coger el hábito del ejercicio matutino, aunque solo fueran unos minutos. El trabajo se acumulaba y apenas me quedaba tiempo para cuidar de mí. Tenía claro que eso debía cambiar, pero siempre acababa posponiéndolo.

Paseé hasta el centro, ese era el único ejercicio que hacía en todo el día, y, al llegar, la tienda ya estaba abierta. Violeta andaba de un lado para el otro como pollo sin cabeza y cuando me vio entrar, vino hacia mí con una cara que reconozco que me asustó un poco.

—Iris, menos mal que has llegado —dijo nerviosa—. Me ha llamado Óscar. Dice que quiere hablar conmigo—dijo como si yo supiera quién era—. ¿Después de tanto tiempo casi sin saber de él ahora me llama? Y dice que quiere verme, ¿te parece normal? ¿Te parece que yo, después de todo, debería ni siquiera cogerle el teléfono?

—Frena, frena. Inhala...exhala...—dije ante la verborrea nerviosa de Violeta—. Al menos dime quién es Óscar.

—El padre de Estela —apretó los labios—. Pero dime, dime qué te parece que debo hacer, Iris.

—Pues... —Debía tener cuidado con mi respuesta, nunca la había visto de esa manera—. Opino que la única manera que tienes de saber qué quiere es quedando con él. —La observé esperando una reacción.

—¿Me estás diciendo que vaya a verle, después de tantos años sin querer saber nada de Estela...? —Me miró desafiante—. Porque que no quiera saber nada de mí, vale, pero es su hija, ¡por Dios! —dijo mientras se tocaba el pelo, alterada.

—No pretendo decirte lo que tienes que hacer, sabes que no me gusta dar consejos gratuitos, pero...

—Pero qué —dijo antes de que pudiera continuar.

—Que es el padre de tu hija y que Estela se merece tener la oportunidad de conocerlo y poder disfrutar de una relación normal entre padre e hija, ¿no te parece? —pregunté intentando esbozar una sonrisa nerviosa que no llegaba a dibujarse en mi cara.

Violeta se quedó pensativa durante unos segundos, se dio la vuelta y se marchó sin decir nada, demasiado nerviosa como para contestar a mi pregunta. Necesitaba tiempo para digerir todo aquello.

Me recompuse negando con la cabeza y alzando las cejas ante la reacción de Violeta y me dirigí hacia el laboratorio para comenzar con mi trabajo. Debía llevar a cabo unas mezclas que había planificado el día anterior siguiendo instrucciones de mis clientes y no podía demorarlo por más tiempo. Colgué el bolso y saqué el móvil. Tenía un mensaje de Julián que no había escuchado y me proponía a hacerlo cuando Violeta entró de nuevo a mi encuentro.

—Pues tienes razón —dijo de sopetón—. Voy a quedar con él a ver qué demonios tiene que contarme. Quizá quiera por fin conocer a su hija e intentar mantener una relación como Dios manda, aunque lo dudo...—dijo algo más tranquila, pero aún indignada por la llamada.

—Creo que estás haciendo lo correcto, si te sirve de algo.

—Perfecto —dijo aparcando su dignidad y su enfado—. Le llamaré y veré cuando le hago un hueco —dejó caer mientras salía del laboratorio rascándose la barbilla.

Respiré hondo y miré el mensaje de Julián. Le echaba mucho de menos. Cada vez que tenía que marcharse lo pasaba peor. Abrí el mensaje.

«Amor. Estoy más que deseando estar a tu lado de nuevo. Hace menos de cuarenta y ocho horas que me despegué de ti y no lo soporto. Necesito olerte y besarte hasta quedarme dormido».

Suspiré y releí el mensaje varias veces antes de contestarle. Julián era lo mejor que me había podido pasar en años.

«Cariño. Tus palabras me hacen pensar que quizá tendrías que cambiar de trabajo... (carita sonriente). Te echo tanto de menos que hasta estoy pensando coger un avión en este momento solo para poder abrazarte».

No contestó en ese momento. Guardé de nuevo el móvil guardado en mi bolso para poder concentrarme en mi día y en mis clientes, sintiendo que el amor movía toda mi vida. El amor por los perfumes, por las plantas, por la familia, por los amigos y por supuesto, por Julián. Recordé a Piero por un momento y pensé que hacía demasiado tiempo que no hablábamos y que algún día deberíamos volver a retomar el contacto. Habíamos sido grandes amigos y ahora solo quedaba un lejano recuerdo de todo aquello. Nuestro encuentro, nuestras aventuras por Florencia y San Gimignano, su familia... Estuve tentada de coger de nuevo el teléfono y acabar con la distancia que nos separaba, pero lo pensé mejor y me puse a trabajar. Debía darme prisa con los pedidos.

Salí del laboratorio unas horas después, exhausta, y con ganas de echarme algo a la boca con urgencia. Me acerqué a Violeta que andaba pasando hojas de la agenda, aún nerviosa.

—Vamos Violeta —dije mientras me acercaba—, coge tu bolso y vamos a comer algo. Estoy famélica.

—Espera. Estoy buscando el teléfono de aquel cliente que vino el otro día —dijo mientras seguía pasando hojas—. ¿Te acuerdas de aquel señor trajeado que vino buscando un perfume súper especial? —levantó la mirada y entonces vi su gran interés.

—¿Acaso quieres una cita...? —alcé una ceja.

—No digas bobadas. Solo quiero llamarle para decirle que ya tiene su pedido listo —me aclaró.

—Sí, claro, lo que tú digas —dije mientras me recolocaba el bolso—. Vamos a comer anda.

Violeta cerró la agenda, agarró su bolso y fuimos a comer a regañadientes. Todavía estaba alterada y no sabía cómo quitarse esa sensación de encima.

Salimos y fuimos directas a nuestro refugio de mediodía.

Nada más sentarnos, a Violeta le comenzó a sonar el móvil, me hizo un gesto de que pidiera por ella y salió a hablar a la calle. Abrí la carta, aunque sabía casi seguro lo que pediría, pero preferí echar un vistazo por si me atraía algo más interesante que el plato del día que ofrecían en aquel bonito lugar. Hice mi pedido al amable camarero y miré a Violeta a través del cristal. Por sus gestos intuí que se trataba de una turbulenta llamada. Hacía aspavientos con las manos y parecía que se ponía más furiosa a medida que pasaban los segundos. Colgó y entró a sentarse con las mejillas rojas como tomates, bastante más alterada que cuando había salido a atender aquella llamada.

—No puedo con este tío —dijo nada más sentarse soltando el aire por la boca—. Después de tanto tiempo, ahora tiene prisa por ver a su hija, ¡¿pero qué cojones le pasa?! —nunca la había visto así, desde que la conocí siempre había mantenido la compostura y se pensaba muy bien lo que decía antes de soltar ni una palabra.

—Violeta —tosí nerviosa—, ¿puedo hacerte una pregunta?

—Sí, claro, dime.

—¿Tú sientes algo por el padre de Estela? —Y apoyé la espalda al respaldo de la silla para tomar algo más de distancia entre nosotras.

—¿Cómo? —Abrió los ojos y me lanzó una mirada amenazadora.

—Nada, nada, déjalo. No tienes que responderme si no quieres. —Me había dado cuenta de que no había sido una pregunta demasiado acertada.

—No, por supuesto que no —dijo tajante bebiendo un poco de agua—. Ese tío es lo más..., es...

—¿Insoportable? —Intenté ayudarla a buscar un adjetivo que estuviera a la altura.

—Eso es quedarse corta. Más bien diría... —No encontraba las palabras—. Es que lo tiene todo —consiguió decir al fin—: es insoportable, inestable, mujeriego, escapa de los problemas, huye de las incomodidades, evita hablar de todo lo que no le gusta, no sabe enfrentarse a situaciones complicadas...

—Vale, Violeta, ya lo capto. —Un encanto el tal Óscar...

—Mi hija no tiene la culpa de tener un padre como él. La única culpable soy yo y no quiero que me lo eche en cara cuando sea mayor. —Su ira comenzaba a transformarse en tristeza—. Estela no tiene la culpa de que yo eligiera a ese hombre como su futuro padre. Yo..., no sabía que era tan irresponsable, pero sí que conocía su forma de ser antes de decidir tener a Estela...

—No podías saberlo. —Le agarré la mano—. El amor no sabe distinguir entre lo bueno y lo malo. Nos dejamos llevar y, a veces, tomamos decisiones equivocadas, pero, así es la vida, está llena de caminos erróneos y somos libres para coger el inadecuado y equivocarnos, pero también hay que saber volver a empezar y tú lo has hecho. Eres una gran madre y Estela tiene claro quiénes son sus referentes.

—Gracias, Iris —apretó mi mano—, eres la mejor cuñada que podría haber tenido nunca y lo mejor es que eres mi amiga.

El camarero interrumpió aquella tierna escena con nuestros platos de pasta fresca. Los dejó sobre la mesa y se marchó con una sonrisa.

—Es mono, ¿verdad? —preguntó Violeta—. No le había visto por aquí.

—Tampoco le había visto antes y no está mal ahora que lo miro más detenidamente…

Soltamos una carcajada y comimos algo más tranquilas. Habíamos conseguido relajar el tenso ambiente que se había creado y eso era de agradecer.

Violeta siempre se mostraba positiva y alegre, pero Óscar le hacía sacar lo peor de sí misma siempre que contactaba con ella. Tenía ganas de conocerlo y de poder hablar unos minutos con él para intentar saber qué le había visto Violeta para acabar en sus brazos, porque, sin duda, había tenido que ser algo especial. Pero, me daba la sensación de que ella se negaría a presentármelo y ni siquiera le dije que me apetecía conocerlo y saber qué misterio le había hecho caer en sus redes como loca, aunque me picara tanto la curiosidad.

Volvimos a la tienda y cada una se fue a seguir con su tarea. Aún quedaba mucho por hacer y las horas pasaban demasiado rápido.

Sonó un mensaje en mi teléfono y fui a ver si Julián decía algo por fin. Al abrirlo, me di cuenta de que Andrea me había vuelto a mandar una foto de la niña mientras se reía a carcajadas. Hizo que se me dibujara una gran sonrisa al verla reír de aquella manera tan despreocupada y feliz. Dejé el móvil e intenté terminar lo que quedaba pendiente para ese día. El reloj marcó la hora del cierre antes de lo que esperaba. Violeta entró en el laboratorio para avisarme de que ya era la hora de cerrar con una cara de cansada que no podía disimular, estábamos las dos agotadas y deseando llegar a casa. Echamos el cierre y nos despedimos hasta el día siguiente y cada una tomó su camino.

Al llegar a casa, tiré el bolso y fui directa a servirme una copa de vino, era la mejor manera de relajarme. Un segundo antes de poder agarrar la copa, sonó el timbre de la puerta. Al abrir, me encontré con la persona que siempre anhelaba encontrarme detrás de cada una de las puertas que había abierto durante toda mi vida.

JULIÁN

—¿Se puede saber por qué no utilizado tus llaves en lugar de llamar? —pregunté mientras me acercaba poco a poco.

—Me encanta ver tu cara de sorpresa cuando me ves detrás de la puerta. —Se pegó a mi cuerpo, puso una mano sobre mi espalda y me acercó más aún hasta que sus labios se unieron a los míos con desesperación.

Me introdujo en el apartamento tirando sus cosas en la entrada. Me subió a horcajadas sobre sus caderas y me llevó hasta el jardín, ese que se había convertido en nuestro refugio. Me desabrochó la camisa y comenzó a regalarme besos por cada rincón de mi cuerpo hasta que perdimos el control y nos fundimos en uno. Su esbelto torso ondeaba junto al mío mientras sus labios iban de mi boca a mi cuello y su apasionada lengua se retorcía con la mía. El sudor recorría nuestra piel haciendo más excitante y placentero aquel momento. Nos fundimos tanto que logramos ser uno durante unos segundos, inundados de tanto placer, que apenas sabíamos dónde nos encontrábamos. Se acurrucó detrás de mí y me besó la nuca unos minutos mientras recuperábamos el aliento y las palabras empezaban a brotar.

—Iris... —su voz sonaba tan sugerente siempre—, cada día me cuesta más trabajo separarme de ti y de tu mundo.

—Pues entonces no te vayas...—Me recorrió un escalofrío por todo el cuerpo al notar su aliento en mi cuello al decir aquellas palabras.

—Ojalá pudiera quedarme para siempre en tu cuerpo. —Me di la vuelta y le besé.

Tenía una inmensa suerte de haberle conocido y de haber superado por fin todos aquellos problemas que nos impedían estar juntos.

Amanecer junto a Julián era para mí como un sueño hecho realidad. Lo miré mientras dormía y recordé a Piero durante un segundo antes de que Julián me mirara y sonriera. Se acercó y me regaló un suave y dulce beso, el primero de muchos que nos daríamos a lo largo del día. Julián había vuelto de su viaje y estaba a mi lado... Me acerqué un poco más a él y dejé caer uno de los pensamientos que me carcomía por dentro.

—Julián —dije jugueteando con un mechón de su pelo—, ¿no crees que ya es hora de que llames a Piero?

Se alejó un poco para mirarme a los ojos. Su semblante había cambiado y ya no parecía tan relajado, más bien tenso y a punto de adentrarnos en una discusión.

—¿Ya estás otra vez con lo mismo, Iris? ¿No crees que es un poco temprano para abordar temas tan delicados? —Se levantó de la cama y se metió en el baño sin que yo pudiera contestarle.

—Julián, por favor —dije en un tono más alto para que pudiera oírme desde el baño—. Ya está bien de seguir evitando relacionarte con tu hermano. Debes dejar atrás el pasado e intentar comenzar de cero. Sois familia, por Dios.

—Lo sé y...—Salió del baño y se sentó al borde de la cama. Me miró y me acarició la mejilla—. No es tan fácil —dijo para después volver a levantarse y vestirse a toda prisa.

—¿Dónde vas? —pregunté descolocada—. Pensaba que me acompañarías a abrir la tienda.

—Lo siento, Iris, pero mi padre me llamó para que me reuniera con él a primera hora para concretar lo de Londres —dijo abotonándose la camisa—. Ya sabes lo pesados que son estos clientes y no me apetece tener que volver a ir. Vamos a finiquitar algunas cosas para intentar no tener que viajar de nuevo.

—Está bien —dije decepcionada—. Ya desayunaré yo sola.

Me tumbé de nuevo en la cama y Julián se colocó sobre mí.

—Te prometo que en cuanto acabe vengo a buscarte y comemos juntos. —Me besó y casi me derrito al contacto de su húmeda boca.

Salió de la habitación intentando disimular la tensión que había acumulado al escuchar el nombre de Piero y se marchó, dejando un vacío en mi interior.

Estaba claro que huía de una conversación que era ya inevitable y de una discusión posterior, sin embargo, aquel tema era algo que me preocupaba porque veía a Julián que sufría por ello y se negaba a hablar conmigo. Él no podía asimilar que Piero hubiera estado enamorado de mí todo este tiempo y encima resultase ser su hermano…

Marqué el número de Piero dispuesta a hablar con él de una vez por todas y aclarar todo lo que no se hubiera aclarado antes. Hacía tiempo que Piero no se ponía en contacto conmigo y ya estaba harta de esperar a que recapacitara y entrara en razón. Tenía que entender que mi corazón pertenecía a su hermano y no a él. Nosotros habíamos sido muy buenos amigos y yo quería recuperar aquella relación, aunque tuviera que luchar por ella a costa de los enfados de Julián. Sonaron varios tonos hasta que escuché cómo se cortaba. ¡Me había colgado y sabía que eso me indignaba!

Me levanté y me vestí a toda prisa, recogí mi bolso en medio de aquella frustración y salí de casa. Necesitaba aire y algo que distrajera mi mente de aquel tema.

Cuando llegué, Violeta ya había abierto la tienda, para variar...

—¿Qué haces aquí tan temprano? —pregunté cuando la vi ojeando la agenda nerviosa.

—No podía dormir y pensé que era mejor venir e ir adelantando trabajo. Ya sabes que tenemos el evento de las joyas a la vuelta de la esquina, ¿verdad?

—Es cierto, el evento, lo había olvidado. —Nos habían invitado para presentar nuestro nuevo perfume junto a una firma de joyas nueva que parecía prometedora—. Tengo que darme prisa con el perfume, aún lo tengo en pruebas.

—Joder, Iris, pensaba que ya lo tenías listo. —Parecía enfadada.

—Es que entre lo de Julián y Piero no logro concentrarme en lo que busco. —Abrí los ojos sorprendida de haber dicho aquello.

No había hablado con ella de eso aún y ahora que se me había escapado, no tenía más remedio que comentárselo.

—¿Qué pasa con Julián y con Piero?

—Intento que tengan una relación como Dios manda; de hermanos. —Ella, por lo visto, desconocía que Julián siguiera molesto con Piero después de tanto tiempo.

—¿Mi hermano sigue tan cabezota con ese tema? Pensé que ya lo había superado.

—Pues no. Y se niega a hablar conmigo. Sé que lo está pasando mal, pero no me deja ayudarle.

—Dale tiempo —me tranquilizó—. Se le pasará.

—Eso espero —suspiré—. Al menos antes de las vacaciones, porque si no, nos va a dar el verano —bufé—. Voy dentro. Cualquier cosa me avisas.

—Claro —dijo soltando de golpe todo el aire que había acumulado en sus pulmones.

—Por cierto —dije recordando que aún no me había dado una respuesta—, ¿has pensado ya en si vas a dejar que Óscar conozca a Estela?

—Eso es lo que no me deja dormir. —Levantó la mirada de la agenda y buscó la mía—. No paro de darle vueltas y no llego a ninguna conclusión. Bueno, sí —rectificó—, creo que, sopesando todas las posibilidades y el pasado de Óscar, no es una buena idea, pero por otro lado…

—Estela no tiene la culpa de eso, ¿no? —acabé la frase.

—Exacto. Solo necesito un poco más de tiempo para decidir algo tan importante.

—Por supuesto —sonreí y seguí mi camino hacia el laboratorio.

Demasiadas decisiones, demasiados pensamientos y demasiadas dudas por resolver.

Debía centrarme en elaborar un perfume delicioso y no decepcionar a nuestra clientela que esperaba ansiosa nuestra presentación. Una clientela que habíamos ido incorporando poco a poco y que ya eran como de nuestra familia. Esos que esperaban algo distinto, algo nuevo que les sorprendiera y no pudieran resistirse a su olor…

Julián llegó para la hora de comer como había anunciado por la mañana. Me parecía que estaba más serio de lo habitual cuando lo vi entrar por la puerta. Se paró a hablar con Violeta y la conversación, desde lo que yo podía observar a través de las cristaleras del laboratorio, se iba tornando cada vez más complicada. Cerré algunos botes y salí a ver qué estaba ocurriendo. No llegué hasta ellos porque la conversación parecía demasiado tensa y quise evitar inmiscuirme, aunque los escuché discutir desde detrás de la puerta del laboratorio. Negué con la cabeza cuando escuché a Julián de nuevo cerrarse en banda cuando su hermana empezaba a hablarle de que debía sanear su relación con Piero de una vez por todas y dejarse de tonterías. Que ya era un adulto y debía comportarse como tal, etc.

—Ya estoy harto de que me digáis continuamente lo que debo o no debo hacer —dijo alterado—. Piero es la persona que casi me separa de Iris, la persona que me alejaba de la mejor relación que he tenido en toda mi vida. —Estaba sacando una parte de él que desconocía—. Él fue quien empujó a Iris e intentó aprovecharse de ella, tú misma me lo contaste. —La señaló con su dedo inquisidor—. Tendría que haberle dejado las cosas claras antes de que se volviera a Italia y, por respeto a Iris, no hice nada. ¡Ya está bien! —ordenó.

—Si tienes toda la razón y entiendo que estés dolido —dijo Violeta intentando calmar la situación—, pero las cosas han cambiado y todo eso quedó atrás. Debes darle una nueva oportunidad —suplicó—. Él también está dolido y Dios sabe que he intentado que te llame…

Me quedé paralizada al descubrir que Violeta sí que había hablado con Piero. No me había dicho nada aun sabiendo que yo quería hablar con él desde hacía mucho tiempo. No me había contado que no habían dejado de mantener el contacto.

—Violeta —dijo Julián volviendo a alterarse—, mejor dejamos el tema aquí. Me arde la sangre cada vez que escucho su nombre… —Se giró y tomó rumbo al laboratorio, pero antes de que pudiera dar ni un solo paso, Violeta volvió a hablarle.

—Óscar se ha puesto en contacto conmigo —susurró y bajó la mirada.

Vi como Julián daba media vuelta y su ceño se fruncía aún más de lo que ya lo había hecho con la conversación de Piero.

—¿Qué has dicho? —preguntó confundido acercándose a ella.

—Lo que has oído —afirmó—. No deja de mandarme mensajes de que quiere conocer a Estela y yo no sé qué debo hacer. Estoy que no vivo pensando en eso.

—¿Todavía no sabes qué hacer después de cómo te trató? —Su indignación crecía por momentos—. Yo no tendría ninguna duda al respecto. Él os abandonó cuando tú ya estabas embarazada. Se marchó aun sabiendo eso. Se fue a vivir su vida rodeado de sus amantes y sus juergas y os dejó solas y en la más inmensa tristeza. —Intentaba ponerle las cosas claras a Violeta—. No lo dudaría ni un instante. ¡Mándalo a la mierda, pero ya!

—Ya lo sé. —Los ojos se le cristalizaron.

No estaba pasando por su mejor etapa. La vuelta de Óscar estaba estropeando todos los planes que había hecho para ella y Estela.

—Pero... es el padre de mi hija y eso nada podrá cambiarlo, aunque fuera lo que más deseara en el mundo.

—Insisto. Debes mandarlo de vuelta por donde ha venido. Va a destrozarte la vida de nuevo —agarró la mano de Violeta y le dio un beso en el dorso—. Piénsalo bien. Solo digo eso.

Violeta le miró y se quedó meditando sobre ello unos segundos para después volver la vista a la apretada agenda que sujetaba entre sus manos. Sabía que la decisión era muy importante y debía sopesar todas las opiniones, tanto de su familia, como la más importante: la suya propia. Óscar había sido la persona que peor las había tratado y ahora, parecía arrepentido. Ella sabía que no debía centrarse solo en eso, sino en lo que de verdad era importante para Estela. Él no dejaba de ser su padre, al fin y al cabo, y ella no era quién para tomar la decisión de apartarle de él por muy macabro que hubiera sido al dejarlas abandonadas en una situación tan comprometida.

¿PROBLEMAS?

Mi madre apareció en la pantalla de mi móvil. Le había puesto de fondo, una de las fotos que más me gustaban: ella, vestida informal, con una copa de cava en la mano, mostrando toda la felicidad que la embargaba en esta etapa de su vida. Descolgué y noté que no desprendía tanta felicidad como yo imaginaba.

—Hola, mamá.

—Hola, cariño —su voz sonaba triste—, ¿cuándo vas a venir a verme?

—En cuanto pueda, mamá. —Ya había insistido varias veces aquella semana—. Tengo lo de la presentación del perfume y aún no tengo nada claro. Pero, pásate tú por el laboratorio cuando quieras. —Por su manera de hablar necesitaba un cariñoso abrazo.

—Está bien —era raro que no intentara conversar más conmigo—, me pasaré un día de estos.

—Mamá, espera —dije antes de que pudiera colgar—. ¿Va todo bien?

—No —dijo con rotundidad. Hacía días que intuía que algo rondaba su cabeza y la preocupaba—. Es… Román.

—¿Le ha pasado algo? —pregunté alterada.

—Está bien, al menos eso es lo que me repite cada vez que hablamos, pero yo noto que algo en él ha cambiado. El reencuentro con Estela le afectó mucho, eso es lo que pienso.

—No digas bobadas, mamá —bufé—. Román está loco por ti. Me niego a creer que haya cambiado y que aún sienta algo por Estela.

—¿Tú también crees que puede sentir algo aún por Estela? —Me estaba metiendo en un callejón sin salida.

—Mamá, saldré un poco antes hoy y voy a verte. Necesitas un abrazo de oso. —Intenté desviar la conversación—. No te preocupes por eso. Luego lo hablamos. Ahora tengo que dejarte.

—Prepararé algo para cenar. Te quiero.

—Y yo a ti, mamá.

Me quedé con una rara sensación en el cuerpo. La tristeza de mi madre me había traspasado y se había alojado dentro de mí. No me gustaba verla así. Ya habíamos pasado por aquello los últimos años con mi padre y no quería que volviera a ocurrir lo mismo. Román era una gran persona. Seguro que había una buena explicación para ese cambio de actitud que decía haber observado mi madre.

Julián entró en ese momento al laboratorio y me dio un beso en la nuca que me puso los pelos de punta. Su calor se fusionó con el mío y el susurro de un suave «hola» me traspasó la piel. ¿Cómo era posible que me hiciera sentir tanto con tan poco...?

—¿Va todo bien? —dijo cuando me volví y alcanzó a ver mi cara.

—Sí, todo va bien, es solo que tengo que acabar este perfume pronto y aún me queda mucho trabajo por hacer. —No quería decirle lo que pasaba entre su padre y mi madre.

No aún. Primero quería ir a tantear el terreno y ver cómo estaba la situación. Julián bastante tenía con su trabajo y con pelear contra los sentimientos que tenía hacia Piero como para preocuparle más con los problemas de nuestros padres.

—Pues entonces te dejo trabajar —dijo poniendo su mano sobre la parte baja de mi espalda y empujándome hacia él—. Aunque preferiría hacer otra cosa...

—Julián, por favor —dije sonriendo coqueta—. Ya nos vemos por la noche. Voy a ir a ver a mi madre al salir y cenaré con ella. Hace tiempo que no estamos las dos a solas y ya va siendo hora.

—Vale, pero no tardes...

Me dio un leve beso en los labios y se marchó sonriendo e intentando disimular la mezcla de sentimientos que se acumulaban dentro de él. Piero, su hermana y Óscar, el encargo de Londres...Ninguno de los dos teníamos ganas de ir a comer y lo respetamos, dejándonos espacio.

Violeta se acercó al laboratorio, en un momento que no había nadie, y me comentó si podía volver a hacer aquel perfume de cerezo que tanto había gustado a nuestros clientes el año pasado. Quería hacer un regalo y le parecía que era el más apropiado para la persona a la que quería sorprender. Aquello me hizo pensar en que podría utilizar aquella fórmula para hacer una versión diferente, pero a la vez que siguiera la misma estela para la presentación. Aquel perfume había sido todo un éxito y por qué no volver a hacerlo, pero con otra fórmula mejorada y en parte, distinta.

—Gracias, Violeta, eres la mejor —dije dejando un beso sobre su mejilla.

—Pero…, ¿qué pasa? —preguntó desorientada.

—Me has dado una idea perfecta para el perfume de las joyas. Reconozco que con tantos vaivenes familiares estaba bloqueada y no sabía cómo enfrentarme a ese perfume, pero tú me has dado una gran idea —expliqué emocionada—. El perfume de cerezo con unos toques de almizcle y cítrico sería ideal para el verano. Te quiero. —Me volví y apunté en mi libreta las ideas.

Violeta se marchó y me dejó trabajar en soledad. Sabía que cuando tenía una idea debía dejarme sola o acabaría pegando algún grito para que me dejaran en paz con mis ideas. A veces echaba de menos estar sola en casa, los domingos, apagar el móvil y meterme en mi laboratorio la mayor parte del día a crear…

El día pasó tan rápido que no me había parado ni un segundo a fijarme en qué hora era. Tampoco me había dado cuenta de que tenía varios mensajes en mi móvil silenciado, pero Violeta me lo hizo saber cuándo entró para avisarme de que ya era la hora de cerrar. Miré el reloj. Ya eran las ocho. Mi madre estaría esperándome con la cena. Me despedí de Violeta y la dejé sola para cerrar aduciendo que mi madre me esperaba y que después le contaría.

Cogí un taxi y aparecí a las ocho y veinte en la puerta de la casa de Román. Demasiado tráfico. El sendero de luces de la entrada ya estaba encendido y estos iluminaban los árboles que rodeaban el camino desde el suelo empedrado. Mi madre abrió la puerta y se abalanzó hacia mí para abrazarme. En su abrazo noté inseguridad y falta de cariño. No me gustó aquella sensación. Quizá tuviera que hablar personalmente con Román sobre mi madre…

—Mamá, pero…

—Román está en la biblioteca. Vamos al jardín y allí cenamos. —Me echó una mano por el hombro y salimos juntas a aquel maravilloso paraje lleno de flores rojas, lilas y blancas, que adornaba la mayor parte del césped.

—Mamá, esto está precioso —introduje mientras me acercaba a uno de los rosales para acariciar sus pétalos blancos—. Estoy enamorada de este jardín.

—Lo sé y yo también —dijo al tiempo que tomábamos asiento.

—Venga, cuéntame qué es lo que tanto te preocupa —dije para que empezara a desahogarse.

—Desde que Estela irrumpió de nuevo en la vida de Román, está más raro que nunca. Apenas me toca y pasa demasiado tiempo en esa biblioteca con ese libro dorado que… —se paró y cogió aire—, el libro de Estela, ya sabes…

—Sí, ya sé, ya sé.

—Creo que el reencuentro no ha hecho más que sacar a la superficie todos los sentimientos que tenía enterrados por ella y aún la quiere, por eso apenas se acerca a mí. —Cerró los ojos dolida.

—Quizá necesite tiempo para asimilar que la madre de sus hijos, la que fue su mujer, haya reaparecido en su vida, ¿no crees? —pregunté acariciando su mano.

—Es posible, pero... lo que teníamos era tan mágico hasta ese momento... —Miró los rosales y volvió a suspirar.

—Dale tiempo. Verás que todo volverá a ser como antes. Ha debido ser duro para él volver a verla y saber encajar todo de la mejor manera posible.

—Pero al menos podría hablar conmigo. No soporto verle así y tampoco aguanto esta situación por más tiempo.

—Vente con nosotros a San Gimignano este verano y desconecta un poco de esto —sugerí.

—¿Y estar al lado de tu padre y de su maravillosa novia? —Se rio irónica—. Ni hablar —sentenció.

Comenzamos a cenar y, mientras yo comía, ella solo hablaba. Necesitaba desahogarse y que la escucharan. Al marcharme, la noté algo más tranquila, pero estaba segura de que no dejaría de darle vueltas al asunto hasta que descubriera qué era lo que pasaba por la mente de Román y si su relación seguía en el mismo punto.

Llegué a casa de Julián y había una botella de vino y dos copas al borde de la piscina. Permanecía tumbado en la hamaca con el ordenador sobre su cuerpo. Me acerqué y le rocé la nariz con la punta de la mía. Me agarró y me tiró sobre él haciendo que me clavara el ordenador en la cadera.

—Auuuu —dije al caer encima de él.

—Cámbiate y nos damos un baño, ¿te apetece?

Aquella sugerente frase bastó para que saliera corriendo hacia la habitación a colocarme el primer bikini que pillé. Tampoco hubiera hecho falta que me cambiara de ropa, estábamos en la más estricta soledad y bastaba con quitármela…

Llegué corriendo de nuevo a la piscina y vi que ya estaba metido en el agua, esperándome al borde, con la copa en alto. Me metí y agarré su copa, di un sorbo y la dejé sobre el borde de la piscina acercándome más a él.

—¿Qué tal está tu madre? —preguntó mientras sorteaba besos entre su boca y su cuello.

—No quiero hablar de eso ahora. Más tarde te cuento —susurré no pudiendo evitar que la pasión se colara entre nosotros.

—Lo que tú digas…

Me agarró las piernas y yo le rodeé las caderas. Su bañador se deslizó sin remedio y mi bikini desapareció en un abrir y cerrar de ojos. Saltaban chispas cuando estábamos juntos y no podíamos evitarlo, aunque hubiéramos discutido minutos antes… El agua tenía la temperatura adecuada y se estaba de maravilla allí sumergidos. Nuestros cuerpos se unieron y se abandonaron al placer una vez más hasta que gemimos del dolor que nos causaba amarnos tanto.

Nos dimos una ducha y nos tumbamos un rato antes de irnos a la cama. Volvió a preguntarme por mi madre y entonces le relaté toda la historia intentando saber si él había notado algo en su padre que pudiera darnos alguna pista de lo que pasaba por su cabeza.

—Ahora que lo dices sí que le he notado diferente —se rascó la sien—, está más distraído que de costumbre y el trabajo de Londres me lo está dejando casi todo a mí. Tengo que tomar algunas decisiones que él debería estar tomando…

—¿Qué crees que puede pasarle? —pregunté—. La relación con mi madre se está deteriorando por momentos. Ella lo está pasando fatal y él no quiere contarle lo que le preocupa.

—No lo sé y si te digo la verdad, mejor no preguntarle. —Sonrió y bebió de su copa—. Mi padre y yo somos muy parecidos en ese sentido.

—¿A qué te refieres? —pregunté sin saber por qué lo decía.

—A que en lugar de ir a Italia este verano podíamos ir a otro lugar algo más romántico… —Se acercó y me besó el cuello.

Sabía que esa táctica le funcionaba e intentó convencerme de que el viaje a Italia no era una buena idea de nuevo.

—Quiero ir a visitar a mi padre. —Lo miré intentando que lo entendiera—. Y tú deberías esforzarte e ir a visitar a tu madre y a tu hermano.

—¿Ya estamos otra vez con ese tema? —Se enderezó en la tumbona.

—Lo has sacado tú y no yo. —Me puse en su misma posición y dejé mi copa sobre la mesa. Se avecinaba tormenta.

—No quiero hablar más de este tema. Estoy cansado de que me digáis continuamente qué debo hacer y yo necesito tiempo para asimilar mi nueva situación familiar y al hermano que nunca pedí tener.

—No digas eso, por favor —supliqué—. Piero es una persona increíble.

—Así que aún sientes algo por él, ¿no es cierto? —Se levantó y me miró con los ojos inyectados en sangre.

Debía dejar aquella conversación lo antes posible, pero si no contestaba rápido a su pregunta me iba a arrepentir.

—No digas bobadas —me levanté y me acerqué a él agarrándole la mano—, Piero es como un hermano para mí.

—Lo siento. Estoy cansado, me voy a la cama. —Soltó mi mano y se dirigió a la habitación sin decirme buenas noches.

La había cagado una vez más sacando el maldito tema de Piero. Cada vez que hablaba de su familia de Italia se ponía tan furioso que acabábamos discutiendo. Yo también estaba harta de esa situación. La que me esperaba este verano iba a ser buena...

LA DECISIÓN

Cuando me encontré con Violeta por la mañana, me miró como si intuyera que las cosas no iban del todo bien dentro de mí. Las oscuras sombras debajo de sus ojos me indicaban que ella tampoco había pasado una buena noche. Nos sonreímos y entramos en la tienda sin mediar palabra, encendimos las luces y cada una ocupó su lugar. Teníamos cosas en las que pensar y parecía que ambas necesitáramos nuestro espacio. Yo no podía dejar de darle vueltas a la idea de que Julián aún pudiera pensar que entre Piero y yo podía haber algo y ella tenía al padre de su hija constantemente rondando en su cabeza.

Quizá la relación tan estupenda entre Julián y yo no era suficiente para él o, tal vez, le molestaba el hecho de tener un hermano que fuera uno de mis mejores amigos o que lo hubiera sido... No lo sé. Julián no era de hablar mucho de sus sentimientos a no ser que estuviera enfadado o algo lo pusiera demasiado furioso. Así que, una vez más, tenía que dejar de lado todo aquello, total, no iba a llegar a ninguna conclusión y tampoco podía preguntárselo.

Una cosa tenía clara; no volvería a sacar más el tema de Piero hasta que estuviéramos en la Toscana. Allí tendría que enfrentarse a su hermano quisiera o no y dejar atrás todas esas ideas absurdas de que Piero intentara romper nuestra relación. Era una auténtica chorrada y esperaba que se diera cuenta tarde o temprano.

Y, por otro lado, estaba Violeta y la difícil decisión del padre de Estela. Sabía que no podía hacerle eso a la niña, algún día terminaría preguntando por su padre, yendo a buscarlo para pedirle explicaciones o insistiendo en que le dijera quién era para poder conocerle. Estaba claro que se enteraría en algún momento de quién era o él vendría a buscarla y le diría que su madre le impidió conocerla y eso era todavía peor. Tenía una gran encrucijada por delante y solo ella podía tomar la decisión adecuada.

Mi madre también era un tema que me preocupaba y mucho. Román se mostraba diferente desde su reencuentro con Estela y la relación con Clara se estaba deteriorando hasta el punto de volverse débil y quebradiza. Mi madre pensaba que el volver a verla había hecho aflorar en él todos los sentimientos que tenía enterrados y se había dado cuenta de que Estela seguía siendo el amor de su vida y que intentaría reconquistar a la madre de sus hijos, con lo que, mi madre había pasado a un segundo lugar y Román parecía que la evitara todo el tiempo. Como consecuencia de todo esto, mi madre se encontraba desplazada e incómoda y en una casa que no era la suya.

Julián también era un tema que me tenía dando vueltas a la cabeza la mayor parte del tiempo. La relación con su madre era algo más cordial, pero con su hermano…, eso era otra cosa. Eran más rivales más que hermanos. No podían estar en el mismo lugar sin tener que desprender las típicas feromonas masculinas marcando territorio y se lanzaban miradas desafiantes sin importar quién hubiera delante. Eran incorregibles y debían dejar todas esas rencillas absurdas atrás y centrarse en la familia, o al menos eso era lo que queríamos todos, menos ellos, claro.

Mi estómago rugió de repente. Miré el reloj y eran casi las tres. El perfume estaba bastante adelantado y estaba segura de que llegaría a tiempo para la presentación. Me colgué el bolso y salí a la tienda. Violeta estaba con un cliente y esperé a que se marchara para ir a comer con ella.

—Venga, Violeta, vamos a comer algo —dije cuando el cliente salió por la puerta.

—Vamos. —Agarró su bolso y salimos sin decir nada.

Nos sentamos y pedimos nuestras comandas.

—¿Has tomado ya una decisión, Violeta? —pregunté al ver que aún seguía muy pensativa y distante.

—No te lo vas a creer, pero sí, ya he tomado mi decisión. —Siempre daba demasiadas vueltas a las cosas y le costaba tomar decisiones.

—¿Y bien? —pregunté al ver que no continuaba.

—Voy a acceder a verle. —Me sorprendió de una manera grata.

Estaba casi convencida de que no querría saber nada de él y menos de que pensara en la posibilidad de que conociera a Estela.

—Pero eso es...

—Sí, ya lo sé. Es una locura —dijo llenando de aire sus pulmones—. Lo he pensado mucho, créeme, y he llegado a la conclusión de que, si no le dejo ver a Estela, tarde o temprano la niña preguntará o él volverá y querrá intentarlo de nuevo..., será una rueda y estaremos así para siempre. —Eso era cierto y también yo lo había pensado.

—Creo que es una gran idea. Debes tener cuidado y analizar bien su comportamiento. Puede ser que en todos estos años haya cambiado...

—No creo. —Sonrió con tristeza—. La gente no suele cambiar —afirmó.

—Pues yo creo que sí y debemos dar segundas oportunidades. —Me miró y después fijó la mirada en su plato.

Seguro que pensaba que era una ingenua, pero estaba convencida de que las personas son capaces de cambiar si tienen un buen motivo por delante.

Volvimos a la tienda en silencio, meditando sobre lo que habíamos hablado durante la comida. Ella aún no parecía estar muy convencida de la decisión que había tomado, sin embargo, sabía que no le quedaba más alternativa que esa. Tampoco quería que la pequeña Estela pudiera reprocharle, en un futuro no muy lejano, el tiempo perdido que podía haber estado cerca de su padre.

Pensé entonces de nuevo en Piero y en el tiempo que hacía que no sabíamos el uno del otro. Cogí el teléfono y volví a llamarle sin recibir contestación una vez más. Empezaba a cansarme de sus desaires y de intentar ponerme en contacto con él. La rabia me recorrió de arriba abajo. Llamé a Lucas y después mandé un mensaje a Andrea para decirles que los necesitaba y que debíamos hacer un gabinete de crisis urgente.

Al salir de la tienda fui al hotel de Andrea. Habíamos concretado reunirnos allí y así poder vernos con ella. No era suyo, pero lo parecía por las horas que se pasaba allí dentro. Lucas estaba sentado cuando llegué y se levantó para abrazarme.

—Dios, Iris, parece que hace una eternidad que no nos vemos —dijo mientras tomaba asiento de nuevo.

—Sí, es que hace una eternidad que no nos vemos —suspiré—. Estás más guapo cada día, Lucas. No entiendo cómo no se tiran a tu cuello las chicas.

—Eso es que tú me miras con buenos ojos. —Sonrió tímido.

—¿Qué tal te va la vida? —pregunté a pesar de que solíamos mantener contacto telefónico a menudo.

—Pues ya sabes: trabajo y más trabajo.

—Así no conseguirás novia nunca. —Moví el índice a ambos lados repetidas veces.

—Mira quién habla. Tú que te pasas toda la vida encerrada en tus laboratorios olisqueando flores y plantas y apenas ves la luz del día. —Negó con la cabeza.

Andrea se acercó a nosotros y se sentó a mi lado.

—Esto no puede ser —dijo cogiendo aire y expulsándolo de golpe—. No puede pasar tanto tiempo para vernos. Ahora seguro que tenemos mil historias y poco tiempo para contarlas.

—Estás en lo cierto —contesté—. Empiezo yo—dije adelantándome.

—Está bieeeen. —Lucas puso los ojos en blanco.

—A ver, ¿por dónde empiezo? —Lucas y Andrea se miraron—. Violeta está a punto de reencontrarse con el padre de su hija. —Ambos abrieron la boca tanto como pudieron—. Está casi decidida a quedar con él para hablar, pero no sabremos nada hasta el último momento, ya sabéis cómo es.

—Sí, desde luego —intervino Andrea y bebió un sorbo de su copa de agua.

—Luego está mi madre. —Negué con la cabeza—. Está fatal. Desde que Román se reencontró con Estela ha cambiado su actitud y cree que ya no la quiere. Y luego, para variar, Julián y Piero que me llevan por la calle de la amargura.

—¿Todavía no han hablado? —preguntó Lucas.

—No. Y ninguno tiene intención de hacerlo —contesté con desesperación—. Son tal para cual y aún no se han dado cuenta.

—Eso es solo cuestión de tiempo —añadió Andrea—. Deja que el verano haga su magia. Cuando todos se encuentren en Italia, quizá el corazón de ambos se ablande…

—Me parece que no —giré la cabeza y subí las cejas—. Me temo que me van a dar el verano —afirmé.

Sabía que no sería uno de los veranos más felices de mi vida…

—Pero, bueno, hablemos de ti y de tu nuevo emprendimiento. —Miré a Andrea emocionada.

—Eso, Andrea. —Lucas le dio un golpecito en el brazo a Andrea—. Cuenta, cuenta.

—Es una decisión de vértigo, pero ya está tomada —dijo cogiendo aire—. Vamos a abrir un restaurante y nos vamos de la ciudad. —Nos miró y esperó nuestra reacción.

Miré a Lucas que se había quedado boquiabierto y le di un codazo para que reaccionara. Me miró y ambos sonreímos ante la idea de que Andrea dejara el hotel, que tantas alegrías les había dado, para abrir un restaurante en algún lugar perdido de la isla. No parecía una buena idea, pero si ellos lo habían hablado y tenían la decisión tomada, quienes éramos nosotros para no estar contentos con ella.

—Es..., es..., guau, no me lo esperaba, Andrea. —Las palabras tardaron más de lo apropiado en salir.

—Sí, claro, Andrea, enhorabuena —añadió un Lucas algo descolocado.

—A ver, ¿qué os pasa? ¿No os alegra nuestra decisión? —preguntó al ver nuestras reacciones.

—Pues claro que nos alegra, ¿verdad, Lucas? —Miré a Lucas que asintió con la cabeza—. Es solo que en el hotel os va tan bien..., que..., la idea de abrir un restaurante en algún sitio perdido de la isla, lejos de la ciudad..., no sé si es una idea demasiado..., ¿cómo decirlo...? ¿Demasiado apropiada? —No quería decepcionarla, estaba muy emocionada y contenta de poder abrir su propio restaurante con su novio.

—Veréis, la niña empieza a crecer y queremos darle un ambiente que esté en consonancia con la naturaleza, que esté rodeada de montaña, agua, huertos y el romanticismo que implica vivir y trabajar en tu propio negocio en el que puedas autoabastecerte mediante tu trabajo y esfuerzo. —Guau, Andrea se había explicado de maravilla y ahora sí que parecía la mejor idea del mundo.

—Visto así, cualquiera no querría ir contigo a vivir a ese lugar —intervino Lucas con una sonrisa angelical.

—Es impresionante lo que quieres hacer y te apoyamos. Por supuesto, nos tienes que reservar una mesa de por vida…, es una maravillosa idea. —La miré y vi la emoción en sus ojos.

—Gracias, chicos. Vosotros sois mi familia y aunque me vaya un poquito más lejos, ya sabéis que podéis venir unos días a casa cuando queráis. Habilitaré algunas habitaciones para invitados o quizá podría hacer de ellas un pequeño hostal... —Se quedó unos segundos meditando la idea.

—Gracias a vosotros —dije sujetando sus manos—. Sin vuestra paciencia y consejos me costaría mucho trabajo poder avanzar. Necesito que estéis a mi lado. Os quiero.

—Venga, chicas —demasiado sentimentalismo para Lucas—. Vamos a comer ya.

Después de nuestro encuentro de amigos, volví a casa. Cuando llegué, Julián no estaba. Miré el teléfono, pero no tenía ningún mensaje que me dijera dónde se encontraba. Me serví una copa de vino y me puse a leer frente a la piscina. A los pocos minutos, escuché la puerta y vi a Julián entrar y dejar su maletín en el recibidor. La discusión del día anterior aún estaba latente entre nosotros y se le notaba en las arrugas de la frente. Ese ceño fruncido que, aparecía cada vez que sacaba el tema de su familia. Aún con ese semblante, se acercó y dejó caer un suave beso en mi mejilla.

—Perdone, pero ese beso no me ha sabido a los besos que da la persona más increíble del mundo —dije intentando suavizar el ambiente.

Soltó el aire y bufó mientras negaba con la cabeza y se acercaba, pero esta vez, a mis labios.

—¿Así está mejor? —preguntó mientras se desabrochaba la camisa un par de botones y seguía besándome más despacio.

—Mejor, aunque aún se podría mejorar un poco…, no es suficiente…

Se acercó más y se sentó a mi lado en la tumbona.

La luna estaba llena y se reflejaba en el agua plateada de la piscina. Su lengua rozó la mía y lamió mi labio inferior succionándolo suave y delicado.

—¿Satisfecha ahora? —preguntó en un susurro mientras mordía mi labio y me dejaba sin respiración.

—Todavía no —dije desabrochándole la camisa y haciendo que se la quitara.

Me agarró de la cintura y tiró de mi cuerpo hacia él, subiéndome en peso sobre sus caderas. Metió su mano por detrás de mi nuca y me besó con toda la pasión del primer día. Aquello no hizo más que avivar mi hoguera interior. El fuego se encendió entre nosotros y nuestros cuerpos se unieron haciendo lo mejor que sabíamos hacer: amarnos sin medida.

EL ENCUENTRO

Recogí mi bolso y me despedí de Julián, que se quedó tumbado en la cama. Quería pasar por mi casa a ver cómo estaba mi jardín, era lo que más echaba de menos las temporadas que pasábamos en casa de Julián.

Cuando llegué a casa, suspiré pensando en lo bonita que era y las ganas que tenía de volver a pasar más tiempo dentro de ella. Salí al jardín y vi cómo las rojas amapolas se abrían al nuevo día. Las peonías rosas adornaban un dulce amanecer y los ambarinos lirios daban un toque de luz maravilloso. Las lavandas se escondían entre los arbustos y dejaban su llamativo violeta repartido por todo el jardín. Las grandes dalias, que había plantado a finales de junio, parecían algo marchitas y me entristeció dar paso a la estación más calurosa del año de nuevo.

El sol aún no había salido del todo, aproveché ese momento, para dar de comer a mis plantas y regalarles todo el cariño que les tenía. Puse música y les hablé flojito, mientras me agradecían las muestras de afecto con sus aromas. La música paró un instante, eso me hizo mirar el reloj y darme cuenta de que ya debía estar en la tienda. El tiempo al lado de mis mejores amigas pasaba demasiado rápido.

Violeta estaba en el mostrador cuando llegué, mirando su agenda como solía hacer siempre. Era muy meticulosa con los clientes y la repasaba demasiadas veces para no olvidar ninguno de los detalles.

—Lo siento. —Levanté los hombros y puse carita de ángel.

Ya no sabía cómo disculparme sin que se molestara. Hacía varios días que me resultaba imposible ser puntual. Me miró y se le escapó una sonrisa.

—A ver si adivino —dijo guiñando un ojo pensativa—. Tus plantas te han abducido de nuevo, ¿me equivoco?

—Ni lo más mínimo. —Asentí—. Soy incorregible, lo sé, pero para eso te tengo a ti. Tú te encargas de todo y te adoro por eso. —Le regalé un sonoro beso.

—¿Me estás haciendo la pelota? —Su mirada pícara me hizo sonreír y le lancé otro beso mientras me dirigía al laboratorio.

Encendí las luces y aspiré fuerte el aroma que allí dentro se desprendía. Había estado organizando las mezclas del nuevo perfume de cerezo y ya estaba casi todo organizado para la presentación de la nueva fragancia natural. Estaba emocionada y nerviosa porque los grandes eventos me alteraban, pero tenía muchas ganas de que los clientes probaran mi nuevo perfume embriagador e irresistible. Violeta entró en el laboratorio mientras yo me dedicaba a preparar los frascos para envasar y se sentó a mi lado. Cuando hacía eso era que algo importante, o grave, pasaba y me asustó.

—He quedado con Óscar —soltó de golpe—. Acaba de llamarme y vamos a vernos esta noche.

Y se quedó mirándome, esperando mi respuesta.

—Bien —dije sin más.

—¿Bien? ¿Ya está? Esperaba alguna frase algo más elaborada como: «lleva mucho cuidado», «no te fíes» o, incluso, «obsérvale bien y no seas impulsiva».

—No voy a darte consejos ni advertencias, sabes bien lo que debes hacer y lo harás. Si alguien puede manejar esta situación con inteligencia, esa eres tú. —Y estaba segura de ello.

Violeta siempre sabía qué hacer en cada situación o casi siempre…

—Gracias, aunque estoy bastante nerviosa —admitió—. Son demasiados años sin saber de él y no sé qué me encontraré cuando le vea. —Tragó saliva. Aquello la sacaba demasiado de su cómoda zona de confort—. Ni siquiera he querido mirar en sus redes sociales por no saber demasiado.

—Estás haciendo lo correcto, Violeta. —Acaricié su brazo—. Quiero detalles en cuanto termines, por favor.

—Por supuesto —asintió—. Te llamaré en cuanto acabe.

Se levantó y, antes de salir, me dio un ligero beso. Sonrió y salió presa de los nervios de antes de su inminente encuentro.

Vertí la mezcla líquida dentro de los botes, los coloqué todos en fila sobre la larga mesa del laboratorio y fui añadiendo una gota de almizcle a cada uno de ellos para coronar el mejor perfume que hubiera hecho nunca. Satisfecha, cerré cada uno de los botes y preparé las cajas que Violeta debía haber desempaquetado y montado antes. Lo hice yo, ella estaba demasiado ocupada con la tienda y con el padre de su hija. Metí los botes dentro de sus cajas y los guardé en un sitio oscuro a buen recaudo para el día de la presentación. Una cosa menos de la que preocuparme. Guardé la fórmula en la caja fuerte y salí a comer con Julián, habíamos quedado en mi casa. Él prepararía la comida una vez más. Era una de las cosas que más me gustaban de Julián: sabía cocinar a la perfección. Disfrutaba de cada delicioso plato que preparaba y, sobre todo, del postre..., eso era lo mejor...

Fui dando un paseo hasta mi casa, aprovechando el buen tiempo. El camino era precioso y me encantaba recorrer esas calles repletas de encantadores restaurantes y escuchar el tintineo de los cubiertos y de las copas. Me recordaba mi visita a Florencia y también a Piero. Le echaba de menos, pero estaba enfadada porque no se había dignado a llamarme para ver qué tal me iba todo. Se suponía que éramos amigos y la última vez que lo vi me pareció que podíamos seguir siéndolo. Estaba claro que me equivocaba. Piero no valoraba tanto la amistad como yo y eso me molestaba demasiado.

Entré en casa, vi a Julián que terminaba de preparar la mesa y que se disponía a sacar una botella de vino de la nevera.

—Perfecto —dijo en cuanto me vio cruzar la puerta—. Has llegado justo a tiempo. —Se acercó para besarme con la botella aún en la mano—. Siempre llegas a tiempo...

—Uhmm, qué buena pinta tiene todo —susurré mientras le devolvía el beso—. Pero tú tienes aún mejor pinta...

—Vamos a comer. —Se separó antes de que fuera irremediablemente imposible y se sentó a la mesa haciéndome un gesto para que tomara asiento.

—Vaaaale —acepté y olvidé todos mis pensamientos para Piero. Tenía al hombre más increíble delante de mí y no quería volver a estropearlo.

Me senté y comimos entre miradas y roces por debajo de la mesa. Brindamos por nuestra vida juntos y lo felicité, otra vez, por una comida deliciosa.

—¿No podrías cocinar para mí cada día? Esto está increíble —dije mientras me echaba un ñoqui a la boca.

—Sabes que me gustaría, pero el trabajo..., a veces no da tregua —confesó.

—¿Dónde está mi postre? —Miré el reloj y vi que aún me quedaba algo de tiempo antes de volver.

—Lo tengo aquí mismo —dijo levantándose y acercándose.

Me cogió la mano y me levantó de la silla. Metió sus grandes dedos entre mi pelo y rozó mi nuca hasta hacerme gemir. Adoraba que me acariciara de esa manera. Sabía mis puntos débiles y los utilizaba como buen estratega que era. Cerré los ojos y entonces noté cómo su húmeda boca se pegaba a la mía y sellaba el primer beso de lo que se anunciaba sería un buen comienzo de la tarde. Abrí los ojos y vi que me miraba fijamente como intentando leer mi mente. Se giró y me tiró de la mano hasta que llegamos a la habitación. Se desnudó despacio, sin quitar su mirada de la mía y yo hice lo mismo. El ambiente se iba cargando más y más de tensión sexual acumulada. Avanzó unos pasos hacia donde yo estaba y retrocedí hasta que caí de espaldas en la cama. Él aprovechó y se tiró sobre mí y me sujetó las muñecas por encima de la cabeza, inmovilizándome con sus piernas. Se pegó a mi cuerpo y gimió antes de que pudiera incluso rozarme. Se coló en mi pelo y absorbió todo el aroma para después deslizarse por mi pecho hasta el vértice de mis piernas. El placer iba y venía y cada vez se hacía más insoportable. Le agarré el pelo y le hice subir hasta mi boca. Le di la vuelta y me puse sobre él mientras permanecía atento a mis movimientos, jadeante. Deslicé mi lengua por su pecho y bajé hasta la flecha de vello que indicaba la zona peligrosa y prohibida, aunque no para mí. Me distraje entre sus piernas hasta que soltó un «basta». Me atrajo hasta sus brazos y me giró besándome sin parar ni siquiera para coger aliento. Su cuerpo se encajó al mío y fuimos de nuevo uno. Volamos hasta el cielo y subimos a las nubes juntos, sudorosos y deseando no terminar nunca. Me subí a su cuerpo de nuevo y no dejé que aquello acabara ahí, quería más, necesitaba más. Sus lascivos ojos me miraban de esa manera que no podía evitar sentir aquellos brotes de placer naciendo por cada parte de mi cuerpo. Nos quedamos retozando entre las mojadas sábanas y terminamos nuestro encuentro en la ducha. Esa que nos anunciaba que debíamos volver al mundo real y al trabajo de nuevo.

—Me vuelves loco, pequeña. —Sentí su abrazo y el agua se deslizó entre nosotros.

Nos besamos y salimos de la ducha antes de que la situación se complicara demasiado y llegáramos tarde a nuestras obligaciones laborales.

Al entrar a la tienda, noté a Violeta aún más nerviosa que cuando la había dejado allí a mediodía. Ni siquiera había ido a comer, me había comentado que debía acabar de repasar unas facturas y apuntar todo en el libro de cuentas. Le había guardado un plato de la deliciosa pasta que Julián había preparado, pensando precisamente en eso: en que no habría salido a comer.

—Te he traído esto —dije mostrándole la comida.

—Te lo agradezco, Iris, pero no tengo hambre. —Levantó un segundo la mirada y después volvió a bajarla para centrarse en lo que estaba haciendo.

Me acerqué y la obligué a parar para que me prestara atención.

—A ver —puse mis manos sobre las suyas para detener aquel temblor—, ya sé que estás nerviosa por lo de Óscar, pero debes comer algo y debes hacerlo ahora. —La miré y puse mi mirada triste—. Por favor.

—Está bien—bufó desesperada.

—Ve al laboratorio y yo te haré el relevo.

Asintió y se marchó cabizbaja con la comida en la mano. Sabía que estaba muy nerviosa y que se sentía como una mierda por todas las decisiones que se avecinaban sobre su cabeza, pero era consciente de que debía tomarlas y la familia estaríamos ahí para apoyarla siempre.

—Iris —su voz sonó a lo lejos—, creo que voy a anular lo de Óscar —dijo mientras se acercaba—. No creo que sea una buena idea.

—Pero ¿todavía estás dudando en eso? —Creía que al menos iría a ver quién era esa persona ahora.

—Sí, digo no. —Estaba dudando y mucho—. ¡Joder! Es el padre de mi hija y el hombre que nos abandonó. —Los sentimientos comenzaban a brotar—. Después de lo que nos hizo no merece ni que le mire a la cara.

—Es cierto. —También le odiaba por haberle hecho eso a ambas—. Pero si no lo haces, te arrepentirás el resto de tu vida o, aún peor, Estela te lo reprochará para siempre.

Bajó la mirada y se derrumbó en el sofá de la entrada donde los clientes solían esperar. Soltó el aire de golpe y miró hacia la puerta, pensativa.

Mandé un mensaje a Julián y le dije que antes de ir a casa pasara por la tienda para convencer a su hermana de que fuera a ver a Óscar.

¿Quiénes éramos nosotros para meternos en su vida? Los que sabíamos que lo mejor era que fuera a ver al padre de Estela. Debía hacerlo, al menos para tantear el terreno y saber si Óscar seguía siendo la misma persona.

Julián me contestó con un ok. Guardé el teléfono y fui hasta Violeta.

—Volvamos al trabajo, ¿vale? —sugerí. Sabía que el trabajo la distraía más que otra cosa en el mundo.

—Sí, será lo mejor. —Cogió aire y lo soltó de golpe otra vez, antes de volver a su lugar de trabajo.

Entré en el laboratorio y esperé a Julián terminando de hacer algunas pruebas para los nuevos encargos que se habían acumulado en el mes.

Sin darme cuenta, se había hecho casi la hora de cerrar y Julián aún no había aparecido por allí a ayudarme con su hermana. Recogí todos los utensilios y precinté algunos botes que dejé guardados en el armario, a oscuras. Me giré y vi que Julián hablaba algo alterado con Violeta. No quise acercarme y meterme en la conversación por si a Julián, a solas, le iba mejor que a mí convenciéndola. Por la manera de hablar, vi que la cosa no iba del todo bien y observé cómo Julián empezaba a hacer aquello con las manos que indicaba que se estaba desesperando. Salí en su ayuda y la conversación se cortó en cuanto me vieron aparecer.

—Violeta, por favor, hazlo por Estela. —Miré a Julián que no sabía qué más decir—. No por ti, por Estela —repetí.

—Iris, no puedo —una lágrima corrió veloz—, no puedo.

—Debes hacerlo —insistí—. Después de hoy sabrás qué es lo mejor para ti y sobre todo para Estela.

—Iris… —Parecía que iba cediendo un poco, pero no estaba nada convencida.

—Venga. Puedes hacerlo —la animé—. Eres fuerte e inteligente. Esto es algo que debes superar y cuanto antes lo hagas, mejor.

Me miró y se secó las lágrimas con las manos. Inhaló fuerte y después de recomponerse lo pensó mejor.

—Claro que puedo —dijo convenciéndose a sí misma—. Me voy. He quedado en diez minutos. ¡Yo puedo y voy a hacerlo! —se animó.

—Por supuesto —dije.

Julián nos miraba, atónito, pero contento de la decisión final que había tomado Violeta. Era casi tan cabezota como ella y, aunque la idea tampoco le entusiasmaba, sabía que debía hacerlo, que debía reencontrarse con el padre de Estela.

Recogió su bolso y nos dio un beso a Julián y a mí antes de salir con la cabeza bien alta por la puerta. Estaba más decidida que nunca a enfrentarse a aquellos fantasmas y a poner orden a esa faceta de su vida, de una vez por todas.

Julián y yo nos miramos y sonreímos satisfechos esperando recibir buenas noticias de su encuentro. Yo estaba esperanzada de que sería buena idea que se vieran y hablaran sobre el futuro de Estela. A ambos les correspondía tomar las decisiones en cuanto a su hija se refería.

Volvimos a casa y nos servimos una copa de vino mientras, sentados en la terraza, observando la ondeante luz de la piscina que se reflejaba en todas las direcciones, hablábamos de cómo sería nuestro verano en Italia. El vaivén de aquella luz me tranquilizaba, pero por lo visto a Julián no.

—¿Y no podíamos irnos a Praga, a Suiza o a algún otro lugar que no sea Italia? —preguntó Julián insistiendo en lo mismo una vez más.

—Ya lo hemos hablado, cariño. —Me acerqué y le rocé los labios con mi boca—. Sabes que quiero ir a ver a mi padre. Apenas nos vemos y las vacaciones quiero dedicárselas a la familia. —Lo miré, pero él no estaba tan de acuerdo conmigo en eso—. Y tú deberías pensar en recuperar algo de tiempo con la tuya.

—No empieces otra vez, Iris —dijo incorporándose—. No soporto la idea de volver a ver a Piero, es tan... —Negó y bufó con desesperación.

—¿Todavía lo ves como una amenaza? ¿Después de tanto tiempo? —No podía creerlo. Piero había estado interesado por mí hacía ya demasiado tiempo atrás y Julián aún sentía que era una amenaza para nuestra relación—. ¿Tan poco confías en mí? —La tristeza vino a hacerme compañía.

—No es eso. —Se acercó y me acarició la mejilla.

Yo sabía que tocar ese tema era como adentrarse en arenas movedizas, pero, aun así, lo sacaba demasiado a menudo. Era un tema recurrente porque era algo que debía arreglarse cuanto antes y a mí me preocupaba bastante. Conforme se acercaba más el verano, las discusiones por ese tema se volvían más frecuentes.

—¿Entonces qué, Julián? —Empezaba a estar cansada de su actitud respecto a su familia de Italia—. Son tu madre y tu hermano, ¡por Dios! ¿Quieres olvidar ya que Piero intentó algo conmigo en el pasado? ¿Por qué no entiendes que estoy contigo y que eres tú? Solo tú. —Miré el agua brillante de la piscina para intentar relajarme un poco.

Notaba cómo empezaba a ponerme más nerviosa y quería dejar ya de hablar de aquel escabroso tema.

—Tienes razón —admitió—. Pero ya sabes lo que opino de Piero y eso no va a cambiar, aunque sea mi hermano.

—Al menos has admitido que lo es. Ya has dado un paso muy importante —le reconocí.

Su cara se llenó de furia al escuchar mis palabras. No podía creer que hubiera llamado hermano a su gran rival y debía ir a expulsar su ira a otra parte. Se quitó la camiseta, los pantalones y la ropa interior, sin mirarme, y se lanzó a la piscina de cabeza para intentar serenarse un poco, supuse. Me miró y me invitó a hacer lo mismo, pero yo no estaba de humor para jugar en ese momento. Pensaba en mi padre y en Ariadna, en las ganas que tenía de verlos y de pasar un verano en familia. ¿Por qué Julián no podía pensar del mismo modo?

Miré el teléfono esperando tener noticias de Violeta, pero aún no me había dicho nada. Era tarde y me pareció raro que no hubiera dado señales ya y nos hubiera contado qué tal le había ido. Le mandé un mensaje para preguntarle qué tal había ido el encuentro, pero antes de meterme en la cama, aún no me había contestado.

¿Habría Violeta ido finalmente a encontrarse con Óscar? O, por el contrario, ¿habría cambiado de idea en el último momento dejándolo plantado? Tanto una cosa como la otra eran más que factibles, pero lo que me resultaba extraño es que, cuatro horas después, no hubiese dado señales de vida.

CUÉNTAME, VIOLETA

Estaba deseando abrir la tienda y ver a Violeta para preguntarle por su cita. Los nervios de su encuentro vivían en mi interior desde la noche pasada y no podía esperar más a que me contara cómo había ido todo.
Cuando llegué, tuve que abrir yo la tienda, Violeta aún no había aparecido y aquello me sorprendió para mal. Ahora sí que empezaba a preocuparme en serio, ya que desde que contraté a Violeta, ni un solo día había llegado más tarde que yo.

Miré el teléfono y vi que no solo no había respondido a mi mensaje, sino que ni siquiera lo había recibido. Marqué su número de nuevo, pero salió el contestador al instante.

Abrí la tienda, encendí todas las luces y puse algo de música suave para intentar apaciguar aquella amarga sensación. Agarré la agenda y eché un vistazo rápido para saber qué me depararía aquel día. No estaba acostumbrada, Violeta era la que siempre me anunciaba la agenda al entrar sin que tuviera que mirarla.

¿Qué demonios le habría pasado? ¿Óscar y ella...? ¿Qué podría haber ocurrido para que aún no estuviera aquí? ¿Por qué tenía el móvil apagado? Madre mía, empezaba a pensar que algo grave podía haber pasado. Pensé en llamar a Julián, pero después descarté la idea, esperaría un poco más a ver si Violeta daba señales de vida antes de preocuparle. Guardé el móvil en el bolso en el momento en que la puerta se abrió de golpe y Violeta entró sin aliento a mi encuentro.

—Lo siento, Iris, lo siento —dijo intentando recuperar la respiración.

—Tranquila, no pasa nada —puse una mano en su hombro —, ¿va todo bien?

—Sí, sí. —Respiró profundo—. Necesito un café.

Se metió en el laboratorio y salió con dos tazas y me ofreció una. Yo me había quedado paralizada sin poder asimilar que Violeta estaba por fin allí, sana y salva. Además, su semblante no reflejaba preocupación, sino más bien felicidad. No veía el momento de que me contara cómo le había ido con Óscar.

—¿No me vas a contar qué tal anoche? —dije ansiosa por saber.

—Deja que recupere el aliento antes. —Bebió un sorbo de café—. Voy a llamar a mi padre, Estela se quedó con ellos anoche y quiero saber cómo está.

—Claro —dije encaminándome al laboratorio—. Cuando estés lista me avisas.

Levantó el pulgar y bebió de nuevo un poco de café mientras marcaba el número de Román. Eso me hizo recordar a mi madre y en cómo seguiría su relación con el padre de Violeta.

Marqué el número de mi madre después de mirar la hora. Eran las diez y seguro que ya estaría arreglando el jardín como hacía cada mañana. Mi gusto por las flores y las plantas lo había heredado de ella, estaba segura.

—Hola, cariño —contestó después de varios tonos.

—Hola, mamá —dije intentando adivinar el tono de su voz—. ¿Qué tal va todo? ¿Estás mejor?

—Qué va, hija, más quisiera. —Me pareció que sonreía triste—. Ayer Estela se quedó a dormir y nos alegró, como siempre, con su presencia. —La sonrisa era debido a Estela, esa niña sabía cómo hacer feliz a la gente—. Esa niña es una bendición —añadió.

—Sí que lo es —admití. A mí me había ganado el corazón nada más encontrarme por primera vez con sus ojos—. Paso a verte a la hora de comer y me cuentas, ¿vale?

—Claro, cariño, pásate, te prepararé algo de comer —dijo feliz de que volviéramos a vernos.

—Vale, luego nos vemos. Te quiero.

—Y yo a ti.

La relación entre Román y mi madre se estaba haciendo añicos y parecía avocarse hacia lo peor: una dura ruptura que dejaría a mi madre en la más absoluta tristeza.

A media mañana, Violeta entró en el laboratorio y se sentó a mi lado en un momento en que la tienda estaba tranquila y no había ningún cliente.

—Vas a matarme cuanto te cuente lo que pasó anoche —dijo con toda la intriga que pudo.

—¿En serio? ¿Tan malo fue? —pregunté sin ni siquiera imaginarme lo que iba a contarme.

—Malo no, fue peor que malo y ahora...

—¡¿Ahora qué?! —supliqué por sus palabras—. Cuéntame de una vez por todas lo que pasó y espero que no fuera nada grave porque cuando se lo cuente a Julián...

—Le vi allí, esperándome cerca de la cafetería donde habíamos quedado —por fin comenzaba su relato—, estaba apoyado en un árbol que daba sombra a una de las mesas de la terraza. —Violeta desvió la mirada como queriendo recordar aquella imagen para después continuar—. Me miró, yo le miré y algo surgió entre nosotros. Una electricidad salió de su cuerpo y me atravesó en dos. —Sus ojos se volvieron vidriosos.

—Violeta... —Pero no hizo caso, siguió como absorta en la narración de los hechos.

—Me acerqué y él no se movió ni un milímetro de su postura mientras mantenía su mirada fija en la mía —suspiró haciendo una pausa dramática—. Sus ojos permanecían fijos en los míos y yo temblaba a medida que me iba acercando a su encuentro.

—Por Dios, Violeta, no imaginaba que fueras a contarme algo así…

—Nos sentamos sin decir nada y pedimos una copa de vino blanco. La fuerza de nuestras miradas me recordó la atracción que había habido entre nosotros en el pasado. —Bajó la mirada como añorando todos esos momentos—. Intenté recomponerme después de beberme toda la copa de un trago y le pregunté qué pretendía hacer con su vida y con la de Estela y porqué había aparecido justo ahora.

—¿Y? —la insté a continuar.

¡Madre mía! No veía el momento de que me contara cómo había terminado todo. Quería más ritmo, más rapidez en su relato. Estaba ansiosa por saber.

—Me contó que la vida no le había ido demasiado bien después de abandonarnos. Que quiso que funcionara, pero que no consiguió olvidar a Estela. Su corazón anhelaba el momento de encontrarse con ella y, aunque lo había intentado evitar durante años, no había podido frenar más los impulsos que tenía por recuperar a su hija.

—¡La leche! —Violeta me miró y frunció el ceño—. Perdón, continúa —aclaré la garganta.

—Hablamos toda la noche y me dijo todo lo que había venido a decirme. Me pareció sincero en sus palabras, pero al mismo tiempo tuve miedo de confiar en que todo aquello fuera cierto. Tengo mucho miedo, Iris. —Me miró y pude verlo reflejado en sus ojos—. Miedo de darle una oportunidad y que después rompa el corazón de Estela.

—¿Y el tuyo no? —Los sentimientos de Violeta también habían salido a la superficie y estaba asustada.

—No, los míos no. —Sonrió y se levantó para evitar que siguiéramos hondeando en ese tema—. Voy a ver qué más tenemos para hoy en la agenda. Ya está bien de charlas, hay que trabajar.

—Vale —asentí.

Sabía que no iba a contarme aún toda la coctelera de sentimientos que se removía en su interior y yo no quería presionarla. Necesitaba tiempo para asimilar todos los acontecimientos y no iba a ser yo quien la privara de ello.

—Por cierto —se giró antes de salir del laboratorio—, esta noche he vuelto a quedar con Óscar. —Y salió sin dejar que yo pudiera decir nada más.

Mi cara debía ser un poema, no solo había removido sus sentimientos más escondidos, sino que había vuelto a quedar con él. Y yo me preguntaba si aquello sería lo más indicado para Violeta y la pequeña Estela y también tenía claro que no era quién para meterme en sus decisiones. Supuse que debían seguir hablando y aclarar bien todo lo que pasaría si él decidiera formar parte de sus vidas. Después de tantos años sin verse había demasiadas cosas que decirse y unas pocas horas no eran suficientes.

Intenté zambullirme de nuevo en el trabajo, pero la incesante imagen de Piero volvía cada día a mi mente. Cogí el teléfono y decidí llamarle una vez más, solo una más y lo dejaría estar. Marqué su número y después de varios tonos sin respuesta, colgué pensando que ya tendría tiempo de reprocharle su actitud este verano. Ya quedaba poco para volver a reencontrarnos y no podría evitar hablar conmigo si me tenía delante. Quería y necesitaba una explicación a su inmadura actitud y no estaba dispuesta a volver de Italia sin ella.

Después de una mañana rara de trabajo y una Violeta más preocupada que nunca, fui a ver a Andrea al hotel para ver qué tal iba todo y ya de paso comer algo un poco más saludable. Ella estaba en la recepción cuando llegué y me acompañó hasta el comedor donde se sentó conmigo a tomar un refresco.

—Fran ha preparado hoy unos canelones que te van a encantar—dijo Andrea mientras llamaba al camarero—. ¿Te va bien?

—Por supuesto, sabes que cualquier cosa que cocine Fran me gusta.

—Estupendo. Yo te acompañaré un rato y después debo volver al trabajo. Ya he comido —adelantó.

—Vale, entonces antes de que te vayas te comento que Piero sigue sin cogerme el teléfono.

—¿Todavía estás con eso? —bufó.

—Y tanto que sí —fruncí el ceño—. Se está portando como un crío. No soporto que no me coja el teléfono. Le he llamado como cincuenta mil veces.

—Pero si sabes que no te lo va a coger, ¿para qué sigues llamándole? —Negó con la cabeza.

—Ya lo sé y no tengo ni idea. —Tenía razón, pero no quería que las cosas estuvieran tan mal entre nosotros.

—Ya le verás cuando vuelvas a Italia —sugirió—. No podrá evitar hablar contigo cuando te tenga delante.

—Lo mismo he pensado yo esta mañana —asentí—. Ya no pienso llamarle más. Hablaré con él y le pediré explicaciones de su actitud de niño mal criado cuando le vea. Por cierto, ¿cómo va lo del restaurante?

—Va fenomenal. —Se le iluminó la mirada. No había sido consciente hasta ahora de lo que le ilusionaba tener su propio restaurante con Fran—. Estamos con la fase de renovación y pronto podremos empezar a comprar la vajilla y todo lo demás.

—Qué bien, Andrea. Estoy muy contenta.

—Nosotros también. —Sonrió—. Es un lugar precioso y tenemos muchas ganas de que lo veáis.

—Pues entonces enséñanoslo —sugerí otra vez.

Andrea nos había dicho a Lucas y a mí que no lo veríamos hasta que estuviese acabado, pero yo me moría de ganas de ver la casa y saber dónde estaba—. Venga, Andrea…

—Ni hablar —sentenció—. Lo veréis cuando esté acabado.

—¿Y qué haréis con el hotel?

—Lo hemos puesto a la venta y nos han ofrecido una suma bastante interesante por él. —Miró su vaso y me pareció que se entristecía—. Me va a dar pena dejar este sitio tan bonito. Hemos trabajado muy duro para llegar hasta donde hemos llegado, pero… hay que seguir, avanzar y luchar por tus sueños. —La tristeza desapareció y dejó paso de nuevo a la ilusión.

—Claro que sí. —Puse mi mano sobre la suya—. Seguro que el nuevo restaurante será precioso y tendrá mucho éxito. Vosotros haréis que funcione, sois la pareja perfecta.

El camarero llegó con mi delicioso plato de canelones y lo degusté mientras Andrea me seguía contando los planes que tenía para su nuevo negocio. Las ideas que tenía eran maravillosas y estaba segura de que me dejaría caer por allí en demasiadas ocasiones, lástima que estuviera tan lejos de la ciudad... Iba a ser un lugar muy romántico y la carta sería increíblemente interesante y original. Un lugar irresistible donde no puedes dejar de ir una y otra vez.

Después de comer, volví a la tienda y vi a Violeta que hablaba animada con un cliente y otro esperaba en el diván de la entrada. La miré y me hizo una señal con el pulgar de que todo estaba controlado y me metí de nuevo en el laboratorio a seguir con los perfumes. Estaba trabajando en uno donde la salvia era la protagonista. Tenía muchas de ellas que crecían salvajes en mi jardín y quería darles una oportunidad a esas bellas plantas que desprendían un aroma tan característico.

Estaba trabajando ensimismada con mis olores y colores, cuando Violeta entró para decirme que si podía encargarme yode apagar y echar la llave. Ella había vuelto a quedar con Óscar y ya se acercaba la hora. No sabía si tomármelo como algo positivo después de haberla visto tambalearse con sus sentimientos mientras me contaba su primer encuentro, pero lo cierto era que debía intentar llevarse bien con él si ahora se había empeñado en ejercer de padre con tanto interés.

—Estaré bien —me dijo cuando vio mi cara de preocupación.

—Eso espero. —Aunque no estaba muy convencida—. No soportaría que nadie te hiciera daño y ya sabes cómo es tu hermano con esto de las relaciones familiares…

—Lo sé, lo he sufrido durante toda mi vida. —Puso los ojos en blanco.

Julián podía ser el mayor persecutor de la justicia de la historia en cuanto a temas familiares se refería. Si alguien hacía daño a algún miembro de su familia, se convertía en una amenaza constante y lo perseguía sin descanso hasta lograr solucionarlo.

—Lleva cuidado, eso es todo —dije mientras recogía todos mis enseres para proceder al cierre.

—Lo tendré. —Me regaló un ligero beso y se marchó ilusionada, pero, en el fondo, asustada.

Conocía a Violeta, tenía un corazón enorme y regalaba amor a todo el que la hacía feliz y estaba a su lado. Por eso, el que Óscar hubiera vuelto a su vida me preocupaba demasiado. Todo el amor que daba después se volvía en su contra, haciéndola polvo cuando fracasaba en una relación. Y esta relación no sería como las demás, esta podía dejarla en tal estado que... No quería ni pensarlo. Tampoco quería mostrar mi preocupación ante Julián por miedo a que apareciera en todas las reuniones entre su hermana y el padre de su sobrina. Debía esperar ansiosa las noticias de Violeta al día siguiente para decidir si era o no buena compañía para ella. Por otro lado, también podría hacer que me encontraba con ellos por una falsa casualidad y así conocer en persona al tan misterioso Óscar...

Violeta se despidió y yo recogí lo que faltaba, apagué las luces y, después de echar el cierre, salí al encuentro fortuito con ambos. Sabía que a Violeta no le sentaría bien ver cómo me inmiscuía en su relación, así que debía intentar pasar desapercibida y no dejar que me vieran.

La seguí hasta el restaurante en la lejanía y, cuando se encontró de nuevo con Óscar, se paralizó como si se hubiera arrepentido de haber tomado la decisión de ir a reunirse con él. Al segundo, retomó la carrera hasta llegar a la mesa que les habían preparado en la terraza, y se sentó ante la mirada fija de un hombre alto, de pelo castaño claro y de un atractivo bastante particular, con un aura muy atrayente. Aproveché que estaban concentrados mirando la carta para colarme dentro del restaurante, sentarme en una de las mesas que me diera una buena visión y pedir algo rápido cuando el camarero se acercó, con cara de estar viendo a una auténtica loca, extrañado al ver que me estaba escondiendo detrás de la carta. Estaba algo asustada por si Violeta me descubría, pero reconozco que, las labores detectivescas de ese estilo me volvían loca. Cenaron mientras charlaban de lo más amistoso. Violeta no podía dejar de sonreír y noté entonces cómo su actitud se hacía cada vez más cariñosa e iba comiéndole terreno a su desconfianza. Una hora y media más tarde, pagaron y se fueron caminando demasiado acaramelados y sonrientes. Pagué rápido y les seguí un poco más, sintiendo que no estaba haciendo lo correcto, pero sin poder evitarlo. No quería que le hicieran daño y eso me llevaba a cometer estupideces como la que estaba haciendo.

El camino hasta casa de Violeta no era largo, ya que el restaurante estaba a escasos metros de su hogar, con lo que fueron andando y lanzándose sonrisas todo el camino hasta que, por fin, llegaron a su portal. Pensé en Estela y en que Violeta no subiría a nadie a su casa estando la niña allí, pero me equivocaba. La respiración se me aceleró demasiado cuando vi que Óscar la agarraba por la nuca y la acercaba a su boca y ella respondía a ese arrebato agarrándole por la cintura y pegándose más a su cuerpo. Pude ver pasión en su encuentro, en ese momento, me subió una ansiedad que no pude disimular mezclada con la sensación de que no debía haberles espiado de ese modo. Después de ver cómo se besaban más que apasionadamente, entraron en el portal y fue ahí cuando les perdí de mi ángulo de visión.

EL INVITADO

Llegué a casa y Julián me esperaba en la piscina con unos canapés y una botella de vino sumergida en la cubitera. Al ver mi cara no pudo evitar preocuparse. Lo vi salir con rapidez y venir a mi encuentro.

—Iris, cariño, ¿estás bien? ¿Qué te pasa? —preguntó mientras me sujetaba la cara.

—Estoy bien, no pasa nada. Voy a darme una ducha y enseguida vuelvo. —Me miró extrañado, pero no opuso resistencia.

Necesitaba un poco de tiempo para digerir lo que había visto y no quería comentarle nada a Julián por si metía la pata y se presentaba para hablar con Violeta y pedirle explicaciones.

Me metí debajo del agua y respiré profundo hasta que conseguí serenarme.

Violeta había caído en las garras de Óscar de nuevo. Se había dejado llevar y ahora la cosa se complicaba aún más. Me había dicho que quería explorar su interior para saber si era de fiar, pero no sabía a qué se refería con explorarle de aquel modo... O sí...

Salí a la piscina un poco más tranquila, habiendo recuperado el color por completo. Julián me esperaba preocupado, pero respetando siempre mi espacio. Me acerqué hasta las tumbonas y me senté a su lado.

—Esto tiene buena pinta —intenté disimular un poco para evitar que Julián no se fijara demasiado en mí, pero no lo conseguí.

—Venga, Iris, cuéntame qué ha pasado. —Me conocía bien y sabía que algo había sucedido.

Por más que intentara evitarlo, mi exterior lo reflejaba y no podía ocultarlo. A él no.

—No es nada, Julián, en serio, vamos a cenar un poco. —Pero estaba convencida de que no se daría por satisfecho hasta que no le contara algo. Debía ser rápida y sacar algún tema que lo distrajera.

—Pues yo creo que sí —insistió—. No has visto tu cara al llegar, yo sí.

—Es solo que estaba pensando en el viaje a Italia y en tu hermano. —Su cara cambió al instante.

Abrió los ojos y agarró la botella de vino.

—No quiero estropear una bonita noche hablando de nuestro inevitable viaje a Italia. —Sirvió dos copas—. Así que, mejor disfrutemos en silencio de esta botella reserva del noventa y ocho que me ha regalado mi padre.

—¿Has ido a ver a tu padre? —pregunté.

Ya estaba, había desviado lo suficiente el tema como para pensar en cómo debía enfrentarme a él.

—Sí —asintió—, pero no he podido sacarle ni una palabra de su relación con tu madre. Está demasiado inmerso en sus pensamientos como para exteriorizarlos. Lo siento, no he sabido hacer más.

Había ido con la intención de sacar algo de información, pero le había sido imposible. Román estaba completamente hermético.

—No te preocupes. —Me acerqué y besé sus jugosos labios con la intención de relajar el ambiente—. Cuando volvamos de Italia me encargaré de que mi madre se anime un poco. Ahora, entre la presentación y el viaje, apenas tengo tiempo de nada —excepto de perseguir a una inesperada Violeta, claro.

—Vale —dijo mientras se echaba un delicioso canapé a la boca—. He visto un lugar en La Toscana que me gustaría ir a visitar contigo. —No podía creer lo que escuchaba. ¿Julián se estaba involucrando en nuestro viaje?

—¿En serio? —pregunté alzando las cejas y sonriendo.

Por fin había asimilado que nos íbamos a Italia.

—Sí. Mira. —Me enseñó su móvil y pude ver un lugar precioso subido en lo alto de una montaña rodeado de verdes paisajes y frondosos campos de flores.

—Cómo sabes lo que me gusta… —Lo miré con deseo y en ese momento todos mis pensamientos se esfumaron.

Nos fundimos en un largo beso y acabamos celebrando nuestro cercano viaje a Italia con un placentero encuentro. Sus manos se perdieron en mi cuerpo y me abandoné a sus caricias una vez más. Sabía cómo hacerme enloquecer con tan solo rozarme... Nos conocíamos y sabíamos disfrutarnos.

Hacía algo de frío y decidimos ir a la cama. Agotada, me fundí en sus brazos y me dormí sin apenas poder emitir ni una palabra.

Desperté por inercia y no por el sonido del estridente despertador. Era domingo y quería ir a visitar a mi madre para ver cómo estaba y, de paso, echar un vistazo a Román y comprobar lo que Julián y ella me habían dicho en lo relativo a su actitud. Las labores de detective no se me daban mal y estaba convencida de que descubriría las intenciones del padre de Julián con relación a mi madre.

Miré a un costado y vi cómo aquel hombre al que amaba aún dormía. Escudriñé todo su cuerpo y supe por qué estaba tan enamorada. Además de su intelecto, tenía un cuerpo musculado y atlético que me ponía las pilas en apenas unos segundos sin ser casi consciente. No quise despertarle, con lo que intenté bajarme con cuidado de la cama sin hacer demasiados movimientos. Salí sigilosa hasta la cocina y comencé a preparar algo nutritivo para cuando despertara Julián. Los domingos eran el mejor día de la semana para mí. Podía despertarme más tarde y preparar tranquila un gran desayuno.

Mientras ponía el pan en la tostadora pensé en Violeta y en cómo habría sido el encuentro con Óscar, aunque ya podía imaginármelo... Tenía bien claro que no podía exponerle nada de lo que había visto, sino dejar que fuera ella quién me narrara todo lo acontecido la noche anterior. Violeta y Óscar…, no lo hubiera adivinado ni en un millón de años, sobre todo porque ella le odiaba tanto... ¿Cómo había podido ser tan poco cuidadosa con ese tema? Ahora él la tenía donde quería y podría manejarla a su antojo…

—¿Iris? —No había escuchado los pasos de Julián acercarse.

—Julián. —Di un respingo.

—Como no saques pronto esas tostadas se van a calcinar. —Sonrió sacando más pan.

—Ups. —No me había dado cuenta de que ya estaban quemadas.

—Estás un poco rara… —insistió—. ¿Seguro que no pasó nada anoche?

—Qué pesado eres con ese tema. —Me abracé a su cuello y le regalé besos por toda la cara—. Ayúdame con el desayuno, venga.

Y, aunque, no se quedó del todo convencido con mi evasiva, accedió a lo que le pedía.

Salimos a desayunar al jardín y después me di un baño en la piscina mientras Julián leía sobre su tumbona. Nadé hasta quedar sin aliento y salí a tumbarme junto a él mientras me secaba.

—Hoy voy a ir a ver a mi madre. —Introduje haciendo que cerrara el libro.

—Te acompaño y así veo también a mi padre.

—Te recuerdo que debemos comprar los vuelos lo antes posible. La semana que viene salimos y aún no hemos preparado casi nada —expuse.

—Ya está todo listo —apuntó—. Salimos en tres días.

—¿En tres días? —pregunté.

—Sí, en tres días —repitió.

—Pero..., no he preparado nada y la tienda..., tengo que avisar a la otra tienda para que vengan a sustituirnos...Violeta también viaja con nosotros y...

—Tranquila —me acarició la mejilla—, ya está todo organizado. Violeta se ha encargado de la tienda y yo de los vuelos. Tú no tienes que preocuparte por nada.

—No sé qué haría sin vosotros. —Me emocionó pensar que ellos habían hecho todo eso—. Pero la presentación del perfume es el martes y si hoy es domingo, ¿no irá demasiado justo?

—No, está todo calculado —dijo con toda la seguridad que le caracterizaba—. El martes por la noche será la presentación y el miércoles a mediodía salimos para Italia.

—Sois los mejores. —Le abracé y noté cómo subía la temperatura—. Vamos a ver a nuestros padres. —Me separé y me levanté para ir a la ducha.

Llegamos a casa de Román y mi madre estaba tomando un té, sola en el jardín, pensativa y distante, como era habitual en ella últimamente. Me acerqué hasta donde estaba y la abracé por la espalda intentando transmitirle un poco de felicidad.

—Hola, cariño —dijo alegre de volver a verme—. No te esperaba.

—Lo sé —la llené de besos—, me gusta sorprenderte.

Sonrió y me sirvió una taza de té.

—¿Qué tal estás hoy, mamá? ¿Con Román mejor? —Crucé los dedos.

Quería volver a ver a mi madre con toda la felicidad que rezumaba en el pasado.

—Lo cierto es que no. —Volvió al semblante triste—. Román aún sigue muy metido en su interior y a mí me ha apartado..., no me deja ayudarle.

—Tienes que darle algo más de tiempo —dije mientras observaba que Julián y Román salían a nuestro encuentro.

Mi madre se tensó en su silla cuando los tuvo cerca, mientras ellos tomaban asiento junto a nosotras.

—Clara —dijo Román dirigiendo su mirada a la tetera—. ¿No vas a servirnos uno de esos tés tan buenos que preparas?

Mi madre lo miró y sonrió con ironía.

—Por supuesto —dijo mientras llenaba las tazas y miraba a Julián feliz también de volver a verlo.

—Román —intervine—. ¿Por qué no os venís mi madre y tú a Italia con nosotros?

—¿A Italia? —Frunció el ceño y me di cuenta enseguida de que no había sido una buena idea sacar aquel tema—. No pinto nada en Italia.

—Papá —añadió Julián—. Quizá os venga bien cambiar de aires.

—Lo siento, pero no. Gracias por la invitación. —Se levantó y se fue lo más rápido que pudo.

Nos dejó a todos en silencio sin saber qué decir ante semejante actitud. Mi madre arqueó una ceja a modo de advertencia.

—Lo siento, disculpadme. —Julián se levantó y le siguió avergonzado.

—Lo ves —dijo mi madre en cuanto nos quedamos solas—. No hay forma de hablar con él.

La situación parecía más preocupante de lo que había pensado. La actitud de Román era distante y muy diferente a cómo recordaba su forma de tratar a todo el mundo y en especial a mi madre. ¿Qué le estaba pasando? Me parecía imposible adivinarlo si no podía cruzar ni media palabra con él, pero sabía que tarde o temprano sabríamos qué le estaba ocurriendo, solo era cuestión de tiempo.

—Vente tú, mamá, y cambia un poco esta situación que se está convirtiendo en tóxica —sugerí.

—No puedo dejar a Román aquí solo. Aunque no hablemos demasiado, sé que me necesita. —Mi madre luchaba contra sus sentimientos una vez más.

—Salimos el miércoles —informé—. Tienes tiempo de pensártelo.

—Será mejor que vayáis vosotros y disfrutéis de vuestras largas vacaciones. Saluda a tu padre de mi parte.

—Vale.

Nos quedamos de nuevo en silencio durante un buen rato, admirando el bello jardín con sus coloridas flores y las vistas a la montaña que recomponían hasta el espíritu.

Julián volvió hasta nosotras un buen rato después.

—Iris, Violeta me ha llamado y quiere que vayamos a su casa a comer, ¿qué te parece?

Miré a mi madre para comprobar que a ella no le importaba y después de verla asentir y sonreír al mismo tiempo, acepté la invitación de Violeta. Estaría bien que nos explicara lo que había pasado la noche anterior, aunque teniendo a Julián delante no sé si se atrevería a contarlo todo...

Salimos de casa de Román, no sin antes darle un gran achuchón a mi madre e intentar transmitirle un poco de ánimo para que llevara lo de Román un poco menos dramático. Lo cierto es que el padre de Julián había cambiado. No era el mismo del que mi madre se había enamorado y lo sentía mucho. La aparición de Estela lo había cambiado.

Después de despedirnos de mi madre y de Román, nos fuimos para casa de Violeta. He de reconocer que estaba nerviosa y una mezcla de ansiedad y preocupación hacían que mi cuerpo estuviera intranquilo. Tenía ganas de ver a Violeta e intentar escrutar sus gestos y su cara. Quizá así sabría si lo de la aparición de Óscar estaba haciendo mella en ella o no.

De camino a casa de Violeta intenté que Julián me contara qué le parecía que Óscar hubiera aparecido de nuevo en la vida de su hermana y su sobrina.

—Cielo —intenté entrar lo más cariñosa que pude. Sabía que este también era un tema tabú para Julián—, ¿cómo era Óscar cuando estaba con Violeta? Me refiero antes de que se marchara.

—Un gilipollas. —No desvió la mirada de la carretera. Seguía concentrado en la conducción.

—Vale, eso ya lo sabemos, pero ¿cómo era con Violeta? —reformulé la pregunta.

Aún no le conocía, pero según lo que me había contado ella misma, era un mujeriego que llevó la máscara de buena persona demasiado tiempo antes de que se le cayera, descubriendo lo que era en realidad.

—Solo la utilizaba —añadió—. Yo intenté varias veces que viera más allá de sus narices, pero ya sabes lo tosca que es Violeta. —Alzó las cejas un segundo—. No escuchaba a nadie y al final, pasó lo que casi todos sabíamos.

—¿Y qué fue eso?

—El tipo estuvo con todas las que pudo y más, hasta que un buen día, Violeta se enteró y le puso las cosas claras. —Negó con la cabeza—. La muy testaruda...—apretó los labios—, discutían todo el tiempo y un buen día, él desapareció dejando a Violeta sola y embarazada. El resto ya lo sabes.

—Y, ¿entonces...?

—Iris —me cortó con rapidez y miró a mis ojos un leve instante—. Este tema me pone furioso. Violeta va a pasarlo mal si este tío decide quedarse. Le va a volver a hacer lo mismo. —Sus ojos empezaban a enrojecerse del enfado—. Espero que no lo haga porque entonces se las verá conmigo y pagará por dos.

No quise seguir insistiendo, aunque tenía muchas más preguntas que aguardaban su respuesta, pero ya se había enfadado y no quería que se pusiera aún más furioso. Desde luego era de sangre caliente y según qué temas había que ir con cuidado.

Llamamos al timbre al llegar a casa de Violeta y nos abrió enseguida. Subimos y nos recibió con una gran sonrisa.

—Hola, amores —dijo mientras nos daba sendos besos y nos animaba a entrar—. Pasad al salón, ya tengo todo preparado allí.

Entramos y lo primero que nos encontramos al llegar al salón, fue a Óscar. Julián se paró en seco en cuanto lo vio y Violeta le dio un pequeño empujón por detrás para que siguiera su camino y tomara asiento. ¡Nos había hecho una encerrona! A mí no hubiera hecho falta hacérmela, pero a Julián, si no lo pillaba así, sabía que nunca hubiera accedido a venir sabiendo que él estaba allí. Óscar se levantó en cuanto nos vio.

—Óscar, esta es mi cuñada Iris —dijo mientras yo me iba acercando para las presentaciones.

—Encantada —dije mirando sus negros y atrayentes ojos.

—Y a mi hermano ya lo conoces… —Violeta bajó la mirada.

Aún estaba esperando la reacción de Julián, que se había quedado paralizado sin saber qué decir. Desde luego, no se esperaba semejante visita…

—Violeta, ¿qué hace este tío aquí? —reaccionó por fin, preguntando más tranquilo de lo que hubiera esperado, pero algo alterado.

—Tranquilo, Julián —le sujetó el brazo y tiró de él para que se acercara a la mesa—, es inofensivo, puedes sentarte. —Se acercó a la oreja de Julián y pude escuchar un leve «por favor».

Julián miró a su hermana y después de una larga mirada, se sentó bufando y mirando a Óscar como si fuera una gran amenaza. Me coloqué a su lado en la mesa y le agarré la mano mientras intentaba tranquilizarlo. Tenía la respiración algo más agitada de lo normal y parecía que se avecinara una gran tormenta, aunque tenía la esperanza de que todo permaneciera en esa extraña calma algo más de tiempo o toda la velada si es que eso era posible. Cuando, de repente, sin haberlo planificado, Julián reaccionó. Se levantó haciendo un estruendoso ruido con la silla y pegando un golpe en la mesa dijo:

—Que alguien me diga qué hace este tío aquí después de lo que te hizo. ¡Joder! —Señaló a Óscar y miró a Violeta para escuchar su explicación.

—Julián, por favor, intenta calmarte. —Violeta se acercó y le puso las manos sobre los hombros—. Óscar ha venido porque quiere formar parte de la vida de Estela. —Desvió la mirada hacia Óscar, que seguía sin decir nada, encogido.

Julián cogió aire y lo expulsó de golpe. Tenía los ojos inyectados en sangre. La cosa no pintaba bien.

—¿De la vida de Estela o de la tuya? —preguntó.

Su intuición le avisaba de que la vida de su hermana empezaba a complicarse, otra vez.

Violeta le miró y volvió a bajar la mirada. Sin duda, esta comida iba a ser de todo menos tranquila…

LA COMIDA

Intenté calmar a un alterado Julián que no reaccionaba a mis palabras ni a las de Violeta, se mostraba a la defensiva al notar a un Óscar agazapado en su silla sin mediar palabra y con una actitud un poco evasiva. No lo conocía, pero me resultaba la persona menos valiente del mundo en aquellas circunstancias. Miré a Violeta que estaba empezando a sudar de lo lindo y vi en su mirada arrepentimiento. Ninguna de las dos sabíamos cómo afrontar la situación que empezaba a ponerse demasiado tensa por momentos y quizá Violeta no tendría que haberle hecho esta encerrona a su hermano. De repente, Óscar se levantó de la silla y plantándole cara a Julián, comenzó por fin a hablar:

—He vuelto porque no soportaba estar lejos de mi hija. —Todos nos calmamos al escuchar su serena voz—. Cometí muchos errores en el pasado y, aunque no pretendo que me perdonéis, os pido que me deis una oportunidad.

—¿Una oportunidad después de lo que le hiciste a mi familia? —preguntó Julián con los ojos entrecerrados, frunciendo el ceño. Estaba muy enfadado.

—Sé que os costará un tiempo confiar en mí, pero os aseguro que mis intenciones no son hacer más daño del que ya os he causado a todos. —Le miré extrañada. Sus palabras parecían sinceras y eso me sorprendió—. He sido un idiota y no he sabido darme cuenta hasta hace bien poco de lo mucho que había perdido. —Miró a Violeta emocionado—. Quiero estar presente en la vida de mi hija y también en la de Violeta, siempre que ella quiera, por supuesto, se ha ganado el derecho a decidir cómo quiere su vida y la de nuestra hija. Yo la seguiré si ella me deja.

Ambos se miraron y sonrieron como si fueran dos enamorados que por fin pueden estar juntos a pesar de las vicisitudes de la vida. Julián lo miraba perplejo, no esperaba aquel discurso tan contundente y seguro, que nos había dejado a todos sin habla. Hasta Violeta parecía sorprendida de lo que había soltado en menos de un minuto. Yo miraba a todos para observar las reacciones ante tal situación. Óscar cogió de la mano a Violeta y Julián los miró, de nuevo sorprendido, por ese gesto de cariño y confianza entre ellos. Sin duda había algo muy fuerte que no había podido disiparse a pesar de los años.

—Podrás engañar a mi hermana una vez más, pero a mí no —dijo con una actitud algo más tranquila, pero con desconfianza. Las palabras de Óscar habían calado en él, aunque seguro que lo negaría todo más tarde—. No creo que las personas cambien y tampoco creo que lo hayas hecho tú.

—Al menos podrías darle una oportunidad —añadió Violeta—. Yo he decidido dársela.

Julián apartó la vista de Violeta, me miró y se dio la vuelta con la intención de salir de allí, llevándose su enfado a otra parte. Estaba claro que no podía aguantar más aquella situación. Debía recomponerse y alejarse de todos. Era algo que necesitaba hacer cuando tenía que asimilar situaciones difíciles.

—Julián —le llamé sin obtener respuesta—. Lo siento, Violeta... —dije mientras salía detrás de él.

Anduve deprisa llegar hasta su altura. Subimos al coche, encendió el motor sin decir nada, pero no se puso en marcha. Su mirada seguía fija en algún punto invisible del horizonte.

—Julián, por favor —puse mi mano sobre su brazo—, para el coche, hablemos un momento.

La imagen de Julián en el hospital, después de aquel accidente de coche, apareció en mi mente y un punzante dolor se abrió paso en mi corazón.

—Violeta va a volver a cometer el tremendo error de su vida por segunda vez —dijo agarrando fuerte el volante—. No podré soportar ver a Estela destrozada. Mi sobrina no tiene la culpa de que ella haya elegido a un hombre despreciable. —Respiró hondo—. No voy a permitirlo.

—Ya está bien, Julián —levanté la voz y giré la llave apagando el motor—. Debes respetar la decisión de Violeta y punto. —Había intentado llevar lo más filosóficamente esta situación, pero ahora Julián me estaba sacando de mis casillas—. No quiero que discutamos, pero si haciéndolo entiendes que ella ya es mayorcita para tomar sus propias decisiones, entonces lo haremos.

Julián me miró perplejo. No me había hecho falta sacar mi carácter desde aquella vez que me enteré de que Sendra aún vivía en su casa, pero ahora era necesario para hacerle reaccionar.

—Joder, Iris —bajó un poco la guardia—, es mi hermana y no quiero que cometa más errores que la dejen con el corazón hecho añicos.

—Lo sé —me acerqué y le besé el cuello—, pero debes dejar que los cometa, es la única manera de que aprenda. —Le acaricié el pelo—. A mí me ha parecido sincero. Démosle la oportunidad que merece. Es el padre de Estela, piensa en la niña.

Me abrazó y, después de unos minutos, encendió el motor mucho más tranquilo. Había podido calmar las aguas del torrente de emociones de Julián, pero era cuestión de tiempo que volviéramos a encontrarnos en una reunión con Óscar y volvieran a volar los cuchillos.

Llegamos a casa y me fui a dar un baño a aquella piscina que no volvería a ver hasta pasado un mes. Aunque la casa de mi padre era increíblemente bonita y tenía un jardín de ensueño, no disponía de esta maravillosa piscina, la adoraba, era lo que más me gustaba de la casa de Julián, además de las vistas al puerto por la noche. Necesitaba pensar en todo lo que había pasado en casa de Violeta y en cómo haría ahora para que

Julián se reconciliara, no solo con su hermano, sino también con su hermana. Estaba cansada de intentar mediar entre todos y, además, tenía a mi madre pasándolo mal por la relación que mantenía con su padre.

Pasamos la tarde de domingo relajados, leyendo y tumbados en el jardín. Preparamos la cena y no volvimos a hablar de Violeta ni de los problemas familiares que nos rodeaban, pero notaba a Julián más ausente que nunca y la simple idea de no poder hacer nada seguía atormentándome.

El lunes, al llegar a la tienda, Violeta ya estaba dentro con la persiana a medio subir. La sostuve y la levanté del todo y entré ante su triste mirada. Me acerqué y le hice saber que yo la apoyaba y que estaría con ella pasara lo que pasara. Era como mi hermana y la quería tomase las decisiones que tomase.

—Cariño —la abracé—, ya sabes cómo es tu hermano. Dale tiempo.

—Sí, ya lo sé, pero… —Se separó para mirarme—. ¿Y si tiene razón y Óscar no ha cambiado? ¿Y si vuelve a llevar esa máscara y se le cae unos años más tarde? —preguntó nerviosa—. Habré cometido el mismo error y entonces no me lo perdonaré nunca. Habré involucrado a Estela en este circo y eso no se lo merece.

—La vida es una toma de decisiones continua, aunque eso ya lo sabes —ella mejor que nadie sabía que las decisiones eran cara o cruz y podía pasar cualquier cosa—. Pero al menos debes intentarlo.

—Aún no se lo he dicho a mi padre, pero igual que Julián, no se lo tomará demasiado bien, supongo. —La tristeza se había instalado dentro de ella.

—Es complicado y debes darles tiempo para que lo asimilen. —Lo cierto era que la situación requería de un análisis profundo—. Tu padre está muy raro desde que Estela reapareció en su vida y quizá contarle que Óscar está de vuelta no sea una buena idea. —Le bastaba con intentar soportarse a sí mismo como para tener que tragar con el que destrozó la vida de su hija y su nieta.

—Esperaré a mi vuelta de Italia. Espero poder tener tiempo allí para meditar sobre lo importante.

—Es una buena idea —apoyé su decisión.

El día pasó rápido y apenas tuve tiempo para pararme a pensar en todo lo que me rodeaba. Los clientes esperaban ansiosos sus perfumes y debía acabar todo antes de nuestras vacaciones. Trabajé todo el día y comí un sándwich que trajo Violeta para que no tuviéramos que salir a perder demasiado tiempo. Se hizo la hora de cerrar y Óscar vino a buscarla.

—Estela se ha quedado unos días con mi padre —me dijo sin que yo preguntara.

—No tienes que darme ninguna explicación. —La miré y le hice saber que tenía mi aprobación con una sonrisa.

Ambos se marcharon y me quedé mirando cómo se alejaban.

Decidí pasar por mi casa antes de ir a la de Julián, ya que él tenía que ultimar demasiadas cosas en el trabajo y aparecería tarde por la noche. Pedí un poco de sushi para llevar y me metí en mi hogar. Me senté en el jardín y comí observando la maravillosa naturaleza que me rodeaba, esa que había creado yo con mi esfuerzo y cariño y que siempre me agradecía los cuidados que le profesaba.

Llamé a mi madre cuando acabé, justo antes de salir de casa, para ver cómo iba todo y si habían avanzado algo desde la última vez que la vi, pero no me dio buenas noticias. Román seguía cerrado y se negaba a hablar de lo que le pasaba. Prometí ir a verla al día siguiente, ya que pasaría una temporada separada de ella y quería darle tantos abrazos como necesitara y alguno más de reserva por el tiempo que pasáramos separadas.

Volví a casa de Julián y me metí directa en la cama. Mi pensamiento volvió a Piero. Estaba harta de pensar en él y de que no quisiera saber nada de mí. Violeta me había contado que le costaba mucho comunicarse con él y que apenas le llamaba por eso. Pensé entonces en llamar a Estela y que me dijera qué sabía de su hijo, pero no quería meterla en mitad de un conflicto del que ella quizá no tuviera conocimiento.

Me quedé dormida antes de que Julián volviera. Cuando llegó, se tumbó a mi lado y yo me desperté. Se acercó más y me colmó el cuello de suaves y húmedos besos. Me giré y le miré volviendo a darme cuenta de lo atractivo que era y de lo mucho que hacía sentir con tan solo rozarme. Sin mediar palabra me abrazó y nos fundimos en un apasionado beso. Mordió mi labio inferior y yo me subí sobre su cuerpo, ansiaba su contacto, le echaba de menos.

—¿Qué tal ha ido el día? —pregunté cuando mi boca se liberó de la suya.

—Mejorando por momentos —susurró y me atrajo de nuevo a sus labios.

Las palabras se apagaron y dejaron paso a nuestro amor. Ese amor loco que nos hacía perder la noción del tiempo y la cabeza.

La presentación había llegado. Teníamos casi todo preparado a excepción de la decoración. Yo quería que fuera bien simple, pero a Violeta le apetecía dar el campanazo. Preparamos todo a primera hora y esperamos a que la floristería se presentara con el encargo que habíamos hecho y dejara todo bien bonito. Óscar se presentó para ayudarnos. Lo cierto es que disponía de tiempo libre, ya que solía trabajar en casa y había pedido unos días de vacaciones para centrarse en el asunto que más le interesaba de su vida: recuperar a su familia.

Fue algo muy sencillo y solo para los clientes. La televisión hizo aparición momentánea para grabar cinco minutos y después, nos quedamos a solas con nuestros clientes habituales y algún representante de perfumes de algunas de las tiendas más importantes de la ciudad. Estaba feliz por la presentación y porque, al día siguiente, comenzaban mis vacaciones…

El perfume tuvo bastante aceptación y los clientes estaban encantados de tenerlo en sus manos. Se vendieron casi todas las unidades de la primera serie, con lo que no podíamos estar más contentas y agradecidas.

Al llegar a casa me di cuenta de que el amor, tarde o temprano, triunfa y consigue unir a las personas, quieran ellas o no. Ver a Óscar y a Violeta, me había hecho sentir cosas muy bellas, sobre todo porque veía a Violeta feliz desprendiendo su mejor versión y eso me hacía muy feliz a mí también. No tanto a Julián, que se pasó toda la fiesta lanzando miradas furtivas a los felices novios, creando tensión entre todos...

A LA TOSCANA

Hacía una mañana soleada y preciosa. Yo era más de días de lluvia y tormenta, pero he de reconocer que había amanecido precioso. En pocas horas saldríamos para Italia y ya teníamos todo preparado para comenzar nuestras vacaciones en la Toscana.

Habíamos dejado a la encargada de nuestra segunda sucursal al frente de la nuestra mientras las dos estuviéramos fuera. Violeta había pasado los dos últimos días intentando hablar con su hermano para poder arreglar sus diferencias, pero Julián se había negado a tocar el tema por no decirle todo lo que pensaba de Óscar, aunque ella ya lo supiera. Intentó explicarle que ahora todo era diferente, pero hasta ella dudaba de que eso fuera así y, por supuesto, no llegó a convencerle.

Julián preparó el desayuno mientras ultimaba algunas cosas y comimos en el jardín como solíamos hacer los días que podíamos desayunar juntos. Pensé en sacar uno de los dos temas que tanto le cabreaban para intentar que nos fuéramos a la Toscana algo más relajados, pero pensé también que, el tema de Piero, ya lo arreglaríamos allí en persona y el tema de Óscar ya tendría tiempo para hablarlo con su hermana en el aeropuerto, así que intenté disfrutar de la mañana y del suculento desayuno que había preparado con la mejor sonrisa dibujada en mi cara.

—Espero que hayas echado un bañador al menos —dije con la intención de que fuéramos algún día a la playa.

—Ya sabes que no soy mucho de playas, que prefiero la piscina, pero, respondiendo a tu afirmación, te diré que sí, he echado el bañador —se acercó y me besó—. Sé lo que te gusta estar cerca del mar.

—Gracias —respondí sonriente—. Las playas allí son preciosas, estoy segura de que te encantarán.

Asintió y dio un gran bocado a su tostada de aguacate y tomate.

Reconozco que estaba nerviosa al pensar que iba a reencontrarme con Piero y con su madre y también estaba algo estresada pensando que dejaba sola a mi madre un mes, pero debía ir a la Toscana, desconectar, estar con mi padre e intentar solucionar alguno de los problemas de esta familia.

Llegamos al aeropuerto con bastante tiempo como para cotillear un poco los perfumes de la gran tienda de la entrada. Habíamos quedado con Violeta en vernos allí a la hora prevista. Ella siempre andaba más justa de tiempo y quería ir a su aire. Julián se ensimismó mirando libros mientras yo intentaba descubrir las mezclas de aquel paraíso del perfume. Olores dispares y colores llamativos hacía de aquella tienda un oasis en medio del desierto para mí. De repente, alguien me agarró por detrás y se abrazó a mis piernas.

—Estela. —La abracé fuerte cuando vi que era ella—. Hola, cariño.

—Hola, tía Iris. —Adoraba que me llamara tía—. Nos vamos a la Toscanaaa —gritó emocionada.

—Sí, cielo. Nos vamos de vacaciones. —Miré a Violeta que sonreía e intentaba descubrir dónde estaba su hermano.

—Violeta —estiré el dedo índice indicándole la dirección—. Está en el kiosco.

—Gracias. Voy a hablar con él —dijo nerviosa—. ¿Te quedas con Estela?

—Claro, ve tranquila. Estela y yo nos quedaremos descubriendo qué llevan estos misteriosos perfumes. —Miré a la niña que parecía entusiasmada con mis palabras.

Violeta se alejó y se perdió entre la gente. Estela y yo nos quedamos intentando descubrir qué tipo de mezclas hacían de aquellos perfumes un aroma tan adictivo.

—Tía Iris —dijo tirando de mi camiseta—, este lleva fresas.

—A ver —dije llevándome el papel a la nariz y deleitándome con el aroma a fresas que desprendía—. Pues sí, sin duda las lleva. —Sonreí satisfecha de que alguien hubiera heredado mi olfato—. Se te da bien esto, Estela. Podrías venir más a menudo a la tienda y ayudarme en el laboratorio.

—Sí, sí —saltó de emoción—, sí, tía Iris. ¿Y me dejarás hacer a mí las mezclas? —preguntó con esa alegría que la caracterizaba.

—Pues claro, podrás hacer cuantas quieras. —Le acaricié el pelo mientras Violeta aparecía de nuevo a nuestro lado.

—Este Julián no tiene remedio —dijo al tiempo que le veía salir del kiosco ojeando uno de los libros que había comprado —. No hay manera de que entienda nada, se cierra en banda y adiós.

—Qué me vas a contar —suspiré—. Llevo intentando sacar el tema de Piero y, o bien lo evita, o se enfada.

—Es incorregible. —Negó con la cabeza y cogió de la mano a Estela —. Venga, vamos hacia la puerta de embarque.

Julián se acercó hasta nosotras y dejó sobre mis labios un suave beso para después subir a su sobrina sobre sus hombros, sonriente. Nos encaminamos hacia la puerta y nos sentamos a esperar a que nos dieran luz verde para subir al avión. Los pensamientos se arremolinaban en mi cabeza sin que pudiera evitarlo. Había hablado con mi padre y, por suerte, estaban fenomenal. Me había contado que asistieron a varios cursos de cocina y prometieron hacernos alguna demostración de la auténtica comida italiana durante nuestra estancia allí. Ambos estaban muy ilusionados por tenernos de nuevo en su casa y así tener la oportunidad de conocer a Julián un poquito mejor. Al menos, por ese lado, estaba tranquila. La vida de mi padre iba sobre ruedas y estaba feliz junto a Ariadna.

El avión aterrizó unas horas más tarde en el aeropuerto de Florencia. Violeta y Estela iban directas a casa de su madre y nosotros nos desviaríamos hasta San Gimignano, donde estaba situada la casa de mi padre. Cada uno cogió su camino, aunque prometimos vernos a lo largo de aquella semana todo lo que el tiempo nos permitiera. También quería ver a Estela, la madre de Violeta y Julián, y así, intentar que afianzara lazos familiares con su madre.

El taxi nos dejó casi en la puerta de casa de mi padre. Anduvimos durante unos minutos por el camino estrecho que daba a parar a la puerta, cargados con dos maletas y muchas ganas de llegar y descansar de tanto ajetreo. Mi padre salió al porche en cuanto escuchó el sonoro ruido de las ruedas chirriar contra el suelo de piedra.

—Cariño —dijo abrazándome—, por fin estáis aquí. —Ariadna apareció detrás sonriendo.

—Iris —me abrazó cuando mi padre logró soltarme—, qué ganas de veros teníamos.

—Estáis maravillosos —dije alejándome un poco para observarlos —. Mejor que bien.

Miré a Julián que permanecía inmóvil detrás de mí.

—Hola. —Se acercó a mi padre y le extendió la mano para después acercarse con cautela y despacio a Ariadna y darle dos comedidos besos.

—¿Te has vuelto tímido de repente? —pregunté cuando vi que volvía a agazaparse detrás de mí.

Julián negó con la cabeza, sonrió y dejó un suave beso en mi mejilla que hizo que Ariadna y mi padre se miraran sonrientes.

Mi padre agarró a Julián por los hombros y lo invitó a entrar en casa y Ariadna y yo les seguimos de cerca.

El sol de la Toscana no era tan distinto al de Mallorca, quizá por eso me gustaba tanto. La luz de sus paisajes era plena, radiante y maravillosa. No me extrañaba que salieran cantidad de pintores de esta fantástica tierra.

Miré de reojo el inmenso jardín y vi que había nuevas plantas que captaron mi atención de inmediato.

—¿Habéis traído plantas nuevas? —pregunté maravillada.

—Sí, sabes que nos gusta ir a los mercados regionales y allí puedes encontrar variedades que no encontrarías en ningún otro sitio —dijo Ariadna—. Ya te las enseñaré luego, ahora vamos a comer algo, os hemos preparado la comida.

—Perfecto, muchas gracias —dije feliz de estar allí de nuevo.

Nos sentamos todos alrededor de una gran mesa en la que, por supuesto, no faltaba ni un detalle y degustamos aquella deliciosa comida que habían preparado ambos.

—Y dime, Julián —introdujo mi padre—, ¿para cuándo la boda?

—¡Papá! —Miré a mi padre reprochando que hubiera hecho esa pregunta y me sonrojé al instante.

—¿Qué pasa, cariño? Es solo que tengo ganas de ir a Mallorca —añadió enseñando mucho los dientes.

—¿Y tengo que casarme para que vengas? —Levanté una ceja.

—Claro que no —contestó Ariadna mirando de reojo a mi padre—. Estamos pensando ir este el otoño a haceros una visita. Tu padre quiere volver a su tierra, aunque sea durante una semanita.

—Eso sería genial —dijo Julián ante la sorpresa de todos—, podéis quedaros en casa de Iris todo el tiempo que queráis.

—Por supuesto —añadí yo—. Aunque eso ya lo sabéis, no hace falta que os lo recuerde.

Después de comer, salimos todos al porche a tomar el café como solían hacer siempre mi padre y Ariadna. De camino al jardín sonó mi teléfono. Miré la pantalla y vi el nombre de mi madre. ¡Mierda! No la había llamado para decirle que ya habíamos llegado, pensé.

Cogí el teléfono y me disculpé dando media vuelta y volviendo a entrar a la casa para hablar con algo más de intimidad.

—Mamá —respondí antes de que ella dijera nada—, lo siento, hemos llegado y nos tenían la comida preparada. Iba a llamarte ahora —mentí.

—Tranquila, cariño, no pasa nada. —Su voz me indicaba que algo no iba bien.

—¿Estás bien, mamá? Te noto demasiado…

—¿Triste? —introdujo antes de que yo pudiera decirlo.

—Sí. ¿Ha pasado algo?

—Pues sí que ha pasado —suspiró—. Acabo de mudarme a tu casa.

—¿Has dejado a Román? —Abrí los ojos y Julián apareció de repente.

—Sí, ya estoy harta de ser invisible, no puedo más. —La notaba triste, pero aliviada al mismo tiempo—. Esta situación era insostenible y debía hacer algo para que supiera que no estoy de acuerdo con su actitud.

—Tranquila, has hecho bien si es lo que quieres. —Aunque no estaba tan segura de eso—. Te quiere y tarde o temprano se dará cuenta de lo que ha perdido.

—Pues espero que lo haga temprano porque quizá cuando se dé cuenta ya sea demasiado tarde para nosotros. —Nunca la había visto tan segura de algo.

—Quédate todo el tiempo que necesites, quizá te venga bien un tiempo para ti sola.

—Gracias, cariño —volvió a suspirar.

Seguro que echaba mucho de menos al antiguo Román, a ese que se pasaba el día intentando sorprenderla, llenándola de atenciones y haciéndola todo lo feliz que podía.

—Si quieres venirte unos días aquí… —solté, aunque sabía que la respuesta sería no.

—Qué va, hija, como tú has dicho, necesito estar una temporada sola y disfrutar más de mí y de mi tiempo libre —añadió sin titubear—. Ahora te dejo que tengo hora para hacerme un masaje. Que lo paséis bien. Llámame, ¿vale?

—Te llamaré. Y disfruta tú también. Te quiero.

—Y yo.

Julián me miraba fijamente para intentar saber qué estaba pasando, con gesto preocupado. Cuando colgué, le conté que mi madre había roto con su padre y que estaba en mi casa. Julián bufó y me abrazó fuerte.

—Mi padre tiene muchas cosas que resolver. —Por sus palabras, supuse que habían hablado—. Hasta que no solucione sus problemas no podrá estar al cien por cien con tu madre.

—La aparición de Estela ha acabado con su relación.

—No, no creo que sea eso —dijo negando con la cabeza—. Aunque ya sabes que mi padre tampoco es que dé demasiada información.

—Clavaditos los dos.

Me miró con dulzura y me besó. Ese beso me supo a dulce, al frescor de la lluvia de verano de la Toscana, al suave aleteo de los pétalos de las flores y al mar…

—Será mejor que no sigas —dije cuando la respiración se comenzaba a transformar en leves jadeos.

—¿En serio? —Y al decir eso me pareció el hombre más atractivo del mundo.

—Sí, en serio. —Me aparté a regañadientes—. Nos están esperando ahí fuera…

—Vaaaale. —Cogió una gran bocanada de aire y la expulsó de golpe.

Mi padre nos miró mientras tomábamos asiento.

—¿Solo o con leche? —preguntó a Julián.

—Solo y sin azúcar, por favor, gracias.

—¿Va todo bien, Iris? —preguntó mi padre.

—Bueno, no del todo, la verdad. —Me llevé la taza de café a los labios—. Es mamá.

—¿Le ha pasado algo a tu madre? —Dejó la cafetera sobre la tabla de madera y me miró con preocupación.

—No, tranquilo, está bien —lo tranquilicé—. Solo que la relación con Román se está complicando un poco.

Ariadna miraba con interés nuestra conversación y a mí me pareció que no era el momento más indicado para narrarle todo lo acontecido.

—Pero dejemos ese tema para otro momento —aclaré la voz—. Contadme lo de los cursos de cocina —los animé—. No me habíais dicho que os había dado por cocinar. —Quizá así les hiciera olvidarse un poco del tema de mi madre. No quería preocuparlos.

—Sí, la verdad es que unos amigos nos dijeron que iban a hacerlo y nos animaron a acompañarlos —añadió Ariadna feliz de poder formar parte de la conversación por fin.

—Fuimos y nos divertimos tanto en la primera clase que hemos asistido a varios cursos después de ese. —Mi padre miró a Ariadna enamorado.

Julián me miró y vi en sus ojos un amor parecido al que ellos se profesaban. La vida que mi padre llevaba en la Toscana era perfecta, llena de serenidad y diversión. Estaba muy feliz por ellos y por mí también, no hay nada como ver que tus padres son felices.

El atardecer nos pilló desprevenidos, hablando y riendo. Miramos cómo el sol se escondía despacio detrás de las vides, desprendiendo sus últimos rayos y colándose entre los tallos. Mi padre y Ariadna se fueron a caminar por el pueblo y Julián y yo nos quedamos abrazados saboreando la brisa veraniega de la Toscana. El teléfono volvió a romper la magia del momento.

Descolgué rápido. Esa llamada no me la esperaba.

—¿Violeta?

—Iris, tenéis que venir lo antes posible —dijo nerviosa—. Es Piero.

—¿Le ha pasado algo? —pregunté mientras me incorporaba.

—No exactamente, pero prefiero que vengáis y hablamos en persona.

—Mañana mismo salimos para allá —dije ante la mirada atenta de Julián.

—Perfecto, hasta mañana entonces. —Colgó y me quedé mirando pensativa el teléfono.

—¿Iris? ¿Qué pasa? —preguntó preocupado Julián.

—Tu hermano —dije rápido—. No me preguntes qué pasa porque Violeta no me lo ha dicho, pero nada bueno supongo. —Que Piero hubiera estado tanto tiempo sin cogerme el teléfono, no me sonaba a que estuviera pasando por su mejor momento—. Mañana salimos para Florencia—sentencié.

—Vale —asintió Julián.

Temprano, saldríamos para Florencia a ayudar a Violeta con lo que hiciera falta, aunque en ese instante no pude evitar darle vueltas al asunto. ¿Qué habrá pasado con Piero? Y, si ha pasado algo, ¿por qué Estela no nos había avisado de nada? Las dudas se acumulaban y estaba segura de que no me dejarían dormir lo plácidamente que pensaba hacerlo, mirando el fresco del techo justo antes de cerrar los ojos y abandonarme al planeta de los sueños.

OTRA VEZ PIERO

Lo que tenía que contarme Violeta era urgente. Habíamos quedado en reunirnos a mitad de semana en casa de Estela para poder unir algo más nuestros lazos familiares, pero, sin duda, había surgido algo que había trastocado nuestros planes.

Julián me miró al despertar. Se acercó y después de darme mi beso de buenos días, entró directo a lo que más le preocupaba.

—¿Y Violeta no te dijo nada más? —preguntó intentando descifrar si en las palabras de Violeta no habría algún atisbo más de información.

—No, nada. No me dijo nada más —contesté. Ya habíamos hablado la noche anterior y no habíamos sacado nada en claro por muchas vueltas que le dimos—. Pero cuanto antes nos vayamos, antes nos enteraremos.

Nos levantamos y sin hacer mucho ruido, salimos hacia el coche. Era muy temprano y no queríamos despertar a mi padre y a Ariadna, así que nos fuimos sin tomar ni siquiera un café.

El viaje se hizo eterno. Parecía que nunca llegábamos a casa de la madre de Piero. Miré el reloj y eran aún las ocho. Demasiado temprano para llamar al timbre, pensamos una vez estuvimos allí. Julián andaba de un sitio para otro, dando vueltas sin sentido, nervioso y sin rumbo fijo.

—Será mejor que vayamos a desayunar —propuse.

—Sí, vamos a tomar un café.

Anduvimos a lo largo de la calle y vimos un café a unos cuantos metros. Nos sentamos y esperamos a que fueran al menos las nueve para tocar al timbre, esa ya parecía una hora algo más decente y estábamos hambrientos de información.

Llamamos al timbre sobre las nueve y Violeta nos abrió para que subiéramos rápido.

Al entrar, vimos que estaba sola, no había nadie más aparéntenme por allí.

—Iris, Julián. —Su cara era difícil de descifrar—. Será mejor que os sentéis.

—Joder, Violeta, ¿quieres decirnos ya de qué se trata? —dije preocupada mientras tomaba asiento a su lado.

—Veréis—respiró y se acomodó la voz—, ayer, cuando llegamos, todo parecía ir bien —comenzó el relato—. Estela estaba como loca con volver a ver a su nieta y yo, por supuesto, feliz de estar de nuevo con mi madre. —Cogió aire, parecía nerviosa—. Noté que algo pasaba, su mirada era de una tristeza inmensa, parecía preocupada, triste o algo por el estilo. —Se colocó su liso pelo hacia atrás—. Insistí en que me contara qué le pasaba, pero ella intentaba escurrir el bulto cambiando de conversación o preguntándome cosas sobre la niña, animándome a hablar de otro tema.

—¿Y? —preguntó Julián intentando que fuera más rápido.

—Pues que, después de que todos se fueran a dormir, nos quedamos tomando un té y entonces le pregunté por Piero. La niña ya le había preguntado antes, pero le había dicho que estaba ocupado y que más tarde vendría a vernos —bufó—. Comenzó a llorar y entonces supe que Piero había hecho algo y no precisamente bueno.

—Joder con Piero —dije yo—. ¿Y qué es lo que ha hecho?

—Según me contó, todo comenzó cuando Piero conoció a una mujer en el instituto, desde entonces todo cambió y empezaron a distanciarse y a dejar de saber de él. Dice que ellos le llamaban para saber cuándo iba a ir a visitarlos, pero él decía que tenía mucho trabajo y que no podía y así durante meses.

—¿Y piensan que ha sido a raíz de conocer a esa mujer? —pregunté yo.

—Sí, están seguros —asintió—. Apenas les coge el teléfono desde que empezó el curso escolar y las visitas se fueron reduciendo desde que les contó que estaba con alguien y que iba a traerla para que la conocieran —narró Violeta.

—Por eso no me cogía el teléfono —asentí dándome cuenta ello—. Tenemos que ir a verle, a su casa.

—Está bien, pero iremos tú y yo solas. —Miró a Julián que parecía estar como en otro mundo.

—¿Estás bien, Julián? —le pregunté sujetando su mano.

—Sí, es solo que…

Se oyó un ruido y vimos aparecer a Estela vestida con una elegante bata de seda rosa con delicados bordados azules. Julián se levantó nada más notar su presencia y los demás hicimos lo mismo.

—Mamá. —Violeta se acercó a ella y la abrazó. Tenía que recuperar todos los abrazos que no pudo darle todo el tiempo atrás.

—Estela, me alegro mucho de volver a verla —dije mientras la abrazaba después de que Violeta la soltara.

—Estoy muy contenta de veros. —Pero en su mirada no se reflejaba aquella alegría de la que hablaba. Miró a Julián que se había metido las manos en los bolsillos sin saber qué hacer—. Hola, Julián.

—Hola, Estela. —Se acercó y le dio dos fríos besos. Aún necesitaba tiempo, tenía que asimilar demasiadas cosas.

Estela bajó la cabeza dirigiendo su mirada hacia el suelo.

—¿Habéis desayunado ya? —preguntó Estela mientras se cerraba un poco más la bata.

—Sí —contesté—, pero otro café no nos vendría mal.

Estela asintió. Se marchó a la cocina y Violeta y yo fuimos detrás de ella. Julián se quedó esperando en el salón, sentado, nervioso.

—Estela —dije en cuanto cruzamos la puerta de la cocina—, Violeta me ha contado lo de Piero. —Sujeté su mano haciendo que me prestara toda la atención—. Vamos a ir a verlo y descubriremos qué le pasa.

—Hace demasiado tiempo que no le vemos y él nunca ha hecho esto. —Los ojos se le llenaron de lágrimas—. Estamos perdiéndole y no sabemos qué más hacer.

—Tranquila, mamá —Violeta se acercó y le sujetó la otra mano—, le traeremos de vuelta. Sea lo que sea, se solucionará.

Tomamos el café y esperamos a que Estela se levantara para decirle que debíamos viajar urgente hacia San Gimignano. La niña estuvo encantada de quedarse con su abuela y salir a pasear por los bonitos paisajes que Florencia le regalaba. En sus calles se respiraba arte y Estela estaba muy interesada en enseñarle a su nieta los adornados edificios y la magia de aquella ciudad tan maravillosa.

Llegamos a San Gimignano a media mañana y fuimos directos al instituto de Piero. Sabía dónde vivía, pero, por la hora, supusimos que aún teníamos posibilidades de encontrarle por el instituto, era verano, pero las clases aún no habían acabado para ellos. Nos paramos frente a la puerta y esperamos ansiosos la llegada de un Piero que, cuando hizo aparición, no lo hizo solo. A su lado, agarrada del brazo, una chica delgada y guapa, con el pelo recogido en una coleta alta y los labios de corazón, le besaba y le agarraba con fuerza. Piero levantó la mirada un leve segundo, lo suficiente como para vernos allí, en la puerta, esperando. Violeta y yo le saludamos agitando una mano como si nos alegráramos mucho de verlo y, entonces, la sonrisa de enamorado que llevaba puesta desde que había salido de aquel instituto, se le borró de un plumazo.

Se acercó, pero ella fue unos pasos por delante, como si quisiera mantener el control de la situación.

—¿Qué hacéis vosotros aquí? —preguntó Piero enfadado.

Todos nos tensamos al escuchar su enfado y Julián frunció el ceño poniéndose aún más a la defensiva.

—Nosotros también nos alegramos mucho de verte —contestó Violeta mientras él aún nos miraba con los ojos de asombro. Estaba claro que no nos esperaba—. Hemos venido a hablar contigo, ¿tienes un momento? —Miró a la pareja de Piero para intentar descubrir por qué tenía aquel gesto tan molesto en la cara.

—Ahora estamos ocupados —contestó ella sin que nadie la hubiera presentado—. En otro momento. —Agarró de nuevo a Piero y le empujó para que comenzara a andar.

—Piero —le llamé—. Tus padres están preocupados por ti. Hace mucho que no les llamas, ¿va todo bien?

—Todo va perfectamente —volvió a interrumpir ella. Él ni se giró a contestarme—. Ahora tenemos que irnos.

Julián permanecía callado. Le veía hacer esfuerzos para no mirar mucho a un Piero y no dejar que aquel semblante le hiciera arder la sangre a borbotones. Piero miró al suelo y echó a andar en la dirección que ella le sugería. No dijo nada, ni tan siquiera se volvió a mirarnos mientras desaparecían.

—Mierda, Iris —dijo Violeta.

—¿Qué coño...?

—Pues que esta tía es una arpía de las buenas. Lo tiene monopolizado y créeme, sé de lo que hablo.

—Eso es imposible —me negaba a creer que alguien pudiera manipular a su antojo a otra persona.

Piero no era tan manipulable..., pero, por otra parte, jamás dejaría abandonada a su familia, adoraba a sus padres...

—Carmen, una antigua amiga, salió con un hombre guapo, con un atractivo peculiar, de esos que con solo mirarte te deja fuera de combate —comenzó a explicar Violeta—. Esta tía me lo ha recordado mucho. Él tenía esa mirada, la misma que nos ha echado ella hace un minuto.

—¿Y qué pasó con tu amiga? —pregunté mientras observaba a Julián cómo escuchaba desde la lejanía.

—Pues no lo sé —suspiró con pena—. No volví a saber de ella.

—Esto no es lo mismo —negué—. Sea lo que fuera lo que le pasó a tu amiga, esto no es igual. Piero necesita de nuestra ayuda para superar lo que sea que le esté pasando y tenemos que dársela —dije mirándolos a ambos—. ¿Tú no tienes nada que decir? —Miré a Julián.

—Nada de nada.

Bufé con desesperación.

En silencio, pensativos, nos encaminamos hacia casa de mi padre. Íbamos a comer con ellos y vimos la ocasión ideal para presentarles a Violeta por fin. Después, entre todos, pensaríamos alguna estrategia para solucionar lo de Piero. Ambas sabíamos que Julián no sería de gran ayuda, así que no nos quedaba otra que hacerlo nosotras solas y quizá con ayuda de mi padre y Ariadna.

Entramos a casa y Ariadna estaba en la cocina, le presenté a Violeta y se abrazaron como si ya se conocieran de antes. No sé de qué me sorprendía, tanto Violeta como Ariadna eran bastante cariñosas. Sonó mi teléfono y me disculpé saliendo a la terraza. Vi a Julián que andaba también con su teléfono, supuse que trabajando.

—Mamá, ¿va todo bien? —pregunté preocupada.

—Tenéis problemas —soltó, sin anestesia, haciendo que me preocupara más.

—¿Qué ha pasado ahora? —No podía enfrentarme a tantas complicaciones de golpe.

—Es Román. He ido a su casa a recoger algo de ropa y me han dicho que se ha marchado esta misma mañana a Florencia y que volvería en unos días.

—¿¡A Florencia!? —¡Mierda! Sí que teníamos problemas—. ¿Y qué se supone que viene a hacer aquí?

—No lo sé, pero creo que nuestra relación ahora sí que ha terminado. No voy a permitir que juegue así con mis sentimientos —dijo segura y más triste de lo habitual en los últimos meses—. Habrá ido a reencontrarse con Estela y a decirle que aún la sigue queriendo.

—Mamá, no digas bobadas —intenté tranquilizarla—. Román está enamorado de ti y no te haría eso.

—Yo no estoy tan segura a estas alturas. Llevamos demasiado tiempo distanciados. Esto se ha acabado —dijo con rotundidad.

—Bueno, vamos a dejar pasar un poco de tiempo a ver qué pasa. Yo, mientras, intentaré averiguar qué hace Román por aquí. Te quiero, mamá.

—Y yo a ti.

Colgué y miré a Julián que se había sentado en el porche mirando la pantalla de su teléfono. Me debatí entre si debía decirle lo que estaba pasando con su padre o no, pero al final, opté por comentárselo y que se hiciera cargo él de eso, nosotras teníamos ya bastante intentando descubrir lo que llevaba a Piero a encontrarse en la situación en la que estaba. Yo tenía que intentar encontrarme de nuevo con Piero y averiguar qué le estaba pasando.

—Julián —levantó su mirada de la pantalla cuando me vio acercarme—, tu padre está en Florencia. —Abrió sus ojos sorprendido.

—¿Y qué rayos hace mi padre aquí?

—Eso mismo me he preguntado yo. No tengo ni idea y tú vas a averiguarlo —ordené—. Nosotras tenemos que averiguar qué demonios le pasa a tu hermano, solucionar esto y poder disfrutar de nuestras vacaciones, aunque sea unos días.

Bajó la mirada y asintió. ¿Qué remedio tenía? Si no lo hacía tendríamos que hacerlo también nosotras y él prefería hablar con su padre a tener que volver a ver a Piero.

Entramos en casa y comimos rodeados del calor familiar y de aquella humedad característica que entraba por todos los recovecos de la casa. Fue maravilloso comprobar el amor que se profesaban Ariadna y mi padre de nuevo. Me reconfortaba saber que, al menos ellos, estaban bien. Después de comer, salimos al porche a tomar el café y después, mi padre y Ariadna se retiraron a tumbarse un poco como era su costumbre. Aproveché para contarle a Violeta las últimas novedades.

—Tu padre está en Florencia —dije sin rodeos.

—¿¡Qué mi padre qué!? —Me miraba perpleja y viendo cómo los problemas iban creciendo—. Joder, otro problema más no, por favor.

—Violeta, de eso me encargo yo, vosotras encargaros de… —dijo Julián levantando la mano sin querer decir ni su nombre.

—¿En serio? —Violeta se sorprendió al ver que empezaba a colaborar un poco.

—Sí. Mañana le llamo a ver si consigo que me diga dónde está. —Por suerte, Julián estaba dispuesto a ocuparse de su padre, así nosotras dispondríamos de más tiempo para ocuparnos del tema que nos había traído hasta San Gimignano.

Violeta me comunicó que, pese a que le hubiera gustado ayudarme más, no podía quedarse muchos días, ya que Estela estaba con su abuela y no quería darle más trabajo del que estaba acostumbrada a soportar, así que, pensando en las posibilidades que nos quedaban, decidimos que Violeta y Julián fueran a Florencia y yo me encargaría sola de Piero. Podía hacerlo y, además, quería arreglar nuestra relación lo antes posible, me estaba martirizando más de la cuenta no poder hablar con él y contarle mis cosas como los dos buenos amigos que habíamos sido. Aún recordé los tiempos en Florencia cuando Piero me enseñaba su ciudad y disfrutábamos de un buen capuchino en uno de los cafés más emblemáticos por su antigua historia. Quería rescatar todo aquello y hacer que Piero recuperara a su familia, intentar que todo fuera como antaño y una cosa tenía clara, debía averiguar qué estaba pasando para que hubiera decidido cortar la relación con su familia y todos los que le rodeaban.

Preparamos la habitación de invitados para Violeta y se quedó a pasar la noche, ya era tarde para volver a coger la carretera hasta Florencia. Ella y Julián, habían hablado de salir temprano por la mañana. Ellos también debían solucionar sus propios temas y Julián, ya tenía suficiente con que su padre ni siquiera quisiera cogerle el teléfono. Sin duda, algo grave le estaba sucediendo.

Violeta salió del baño, antes de irse a dormir para contarme que había hablado con Óscar.

—Iris —me llamó asomada de la puerta de su habitación. Me hizo un gesto como si quisiera contarme un secreto—. Pasa, pasa.

—¿Va todo bien? ¿Te falta alguna cosa? —pregunté extrañada.

—No, está todo bien, ven —me animó a entrar y cerró la puerta—. No quiero que Julián nos oiga —dijo susurrando.

—Joder, Violeta, no me digas que tengo que añadir algún problema más a la lista —dije con desazón.

—No —suspiró—. Acabo de hablar con Óscar y…

—Y qué —la insté a seguir.

—Le he contado que después del viaje conocerá a Estela. —Me miró esperando a ver mi reacción—. Sabes que ya lo había decidido antes de venir aquí, pero no le había dicho nada por miedo.

—Si lo tienes claro no seré yo quien te anime a no hacerlo. Estela se merece conocerle. Es su padre y me parece bien que le des una oportunidad

—Entonces, ¿no te parece una locura todo esto? —preguntó con muchas dudas.

—Sí que lo es —asentí mirándola—, pero ha vuelto y parece que va en serio, ¿no?

—Aún es pronto para asegurarlo, pero eso parece. —Bajó la mirada pensativa.

—Tienes tiempo de pensar en la mejor manera de hacerlo. —La tranquilicé—. Díselo a Estela para que se vaya acostumbrando a la idea, aunque creo que se lo tomará bien. Al fin y al cabo, necesitamos el cariño paterno tanto como el materno y Estela será feliz cuando conozca a su padre. Esa niña es un cielo.

—De hecho, ya empezaba a preguntar dónde estaba...

—Es el momento, Violeta —afirmé.

Ya era hora de que Estela conociera a su padre y darle a él la oportunidad de que intentara ejercer como tal.

—Cuando volvamos llevaré a Estela a conocer a su padre. —Sonrió—. Es la mejor decisión. Gracias, Iris.

La abracé y salí hacia mi dormitorio. Julián me esperaba sin ropa sobre la cama, imitando a la maja desnuda.

—No seas tonto —dije mientras me quitaba la ropa.

Me agarró en cuanto me acerqué y nos sumimos en un sueño erótico en nuestra realidad, del que nos resultaba difícil despertar. Sus manos me transportaron al paraíso una vez más y decidí que no quería escapar nunca de este embrujo maravilloso que escondía detrás de sus ojos.

¿DÓNDE ESTÁ ROMÁN?

Julián y Violeta emprendieron temprano el viaje hasta Florencia. Eran unas cuantas horas y querían volver cuanto antes para ocuparse de la niña y también del desaparecido de su padre. Habían planificado buscarle por los hoteles del centro de Florencia. Darían con él, seguro. Además, Román siempre andaba muy atento cuando en casa se hablaba de Estela y de nuestros planes en las vacaciones, así que supusimos que sabía dónde nos alojaríamos y, sin duda, localizaría la casa de Estela. Fuera como fuese, Román sabía más de lo que parecía y se lo había estado guardando todo para él. Había planeado esta escapada en silencio y había aprovechado para hacerla cuando por fin estuvo solo. Nosotros habíamos venido a Italia y mi madre, cansada de sus desprecios, había decidido abandonarlo. Era el momento oportuno para hacer y deshacer a su antojo.

Por otro lado, yo tenía que pensar y planificar de qué manera podía comunicarme con Piero. La única forma de poder hablar con él sería cuando su pareja no le estuviera protegiendo para que no pudiera hablar con su familia. Tenía que pillarlo a solas y lo más desprevenido posible, aunque eso fuera, prácticamente, como una misión imposible.

Aquella mañana, desayuné con mi padre y Ariadna y les conté los planes que tenía para esos días y aproveché para ponerles al tanto de los nuevos acontecimientos en relación con Román.

—Tu madre debe estar histérica —añadió mi padre después de escuchar mi relato.

—A ratos —aclaré—. Tiene claro que no va a estar con una persona si en el fondo ama a otra.

—Por supuesto que no —intervino Ariadna.

—Y ¿cómo pensáis encontrar a Román? Podría estar en cualquier parte —preguntó mi padre.

—Violeta y Julián se encargarán de eso. Van a ir a merodear los hoteles cercanos a ver si hay suerte. —Arqueé las cejas.

—Espero que lo encuentren antes de que cometa una estupidez. —Ariadna negó con la cabeza.

—Yo también —introduje—. Yo intentaré centrarme en mi misión. Debo hablar con Piero y descubrir qué demonios está pasando.

—¿Quieres que te acompañe? —preguntó mi padre.

—Gracias, papá, pero esto debo hacerlo sola.

Asintió.

Miré el reloj. Debía emprender mi travesía hasta San Gimignano e intentar ver a Piero.

Subí al cuarto y me coloqué unas deportivas. Se avecinaba un largo camino y quería estar cómoda.

Anduve por la luminosa senda que me conducía hasta el pueblo y, un poco antes de llegar, volví a ver cómo aquella maravilla coronaba lo alto de la montaña. Aquel pueblo siempre me causaba bonitas sensaciones por dentro. Recordé los días que pasé con Piero y nuestros encuentros en aquella cafetería de la plaza.

Llegué al centro y giré a la derecha por una de las calles que cruzaban en diagonal. Miré el móvil y leí de nuevo la dirección de casa de Piero, que su madre, tan amable como siempre, nos había facilitado. Anduve unos metros más y llegué hasta la puerta de un edificio de tres pisos con fachada de piedra antigua. Miré hacia ambos lados y observé cómo los turistas paseaban por aquellas emblemáticas calles fotografiando todo lo que encontraban a su paso. Crucé la calle y me agazapé junto a un árbol, escondiéndome un poco y no perdiendo la casa de vista. Tenía que hacer guardia hasta que pudiera hablar con él a solas. Esperaría hasta que apareciese o saliese de casa. Una espera que se me hizo eterna. Los pies empezaban a dolerme bastante, tenía que moverme un poco, necesitaba andar. No podía permanecer ni un minuto más allí plantada. Miré a mi alrededor y eché a andar dirección a uno de los lados intentando no perder la casa de vista. Mi móvil sonó y cuando miré la pantalla vi que era Violeta.

—Iris, ¿has podido ver a Piero? —Sabía que haría guardia delante de su casa.

—Aún no y me está matando esta espera. Te aseguro que no serviría para trabajar como detective. Esto es agotador a la vez que aburridísimo.

—Paciencia —me animó—. Debemos hablar con él a solas. Ya sabes que es la única manera.

—Ya lo sé—afirmé—. Eso suponiendo que ella le deje ir solo a alguna parte... —Si era tan controladora como parecía, sería difícil pillarlo a solas.

—Nosotros acabamos de llegar a Florencia y vamos a recorrernos los hoteles de por aquí a ver si damos con mi padre. No sé si nos querrán dar información... Ya veremos.

—Suerte —la animé yo ahora—. Si alguna de las dos tiene noticias nos llamamos.

Después de colgar, permanecí de pie frente a la casa unas horas más. Aburrida y desesperada de que allí no apareciera nadie, decidí ir a tomar un capuchino al mismo lugar donde solía tomarlo con Piero. Estaba convencida de que ya no aparecería, pero retomaría la guardia un poco más tarde.

Entré, saludé al camarero y me senté al lado de la ventana, mi sitio favorito. Por supuesto, Piero no estaba.

Me quedé pensando en si no habría alguna manera de ponerme en contacto con él o pillarle por sorpresa en algún otro lugar, pero ninguna idea venía a mi mente. Llamé a mi madre aprovechando el pequeño descanso que había decidido tomarme.

—Hola, cariño —dijo al ver que era yo.

—Hola, mamá —respondí cariñosa—. ¿Qué tal va todo por ahí?

—Nada ha cambiado. Sigo en tu casa haciendo mi vida como si nada —bufó.

—Todavía no sabemos nada de Román —le adelanté—. Violeta y Julián han salido en su búsqueda, pero aún no me han dicho nada.

—Ok —respondió.

—En cuanto a Piero... Llevo toda la mañana en la puerta de su casa, parada esperando a que salga y por fin se enfrente a mí personalmente, pero nada, tampoco aparece.

—Eso también será difícil, Iris. Piero no quiere hablar contigo y si apareces de repente, lo único que conseguirás es que se enfade aún más —expresó intentando ayudarme.

—Lo sé, pero tengo que hacer algo —insistí—. No es normal lo que le está pasando con su familia.

—Entiendo y, por supuesto, debes ser tú quien lo solucione, ¿no?

—Aunque no lo solucione, debo hacer algo para intentar entenderlo y no me iré de aquí sin al menos haberlo intentado.

Al acabar de hablar con ella, pagué el capuchino y me planté de nuevo a esperar frente de casa de Piero. Pasaron varias horas más sin resultados. Él no apareció ni ella tampoco. ¿Estarían en casa sin salir todo el día? ¿Me habrían visto en algún momento e intentaban evitarme?

Mi cuerpo se resentía a cada minuto que pasaba, me encontraba demasiado cansada como para seguir de guardia, así que, me metí las manos en los bolsillos y me di la vuelta con la intención de volver a casa. No había dado ni dos pasos cuando alguien se dio la vuelta veloz al verme y salió andando deprisa hacia una callejuela cercana. Me pareció que aquella persona me resultaba demasiado familiar y decidí seguirle. Apresuró el paso conocedor de que alguien lo estaba siguiendo y yo lo aceleré también, no estaba dispuesta a perderle de vista, me daba que era la persona que había estado esperando todo el día.

—¡Piero! —grité con todas mis fuerzas.

Frenó de golpe y se quedó parado. Di unos pasos más hacia él y entonces se dio la vuelta.

—Pero ¿a ti qué coño te pasa? —pregunté al ver su ceño fruncido—. ¿A qué estás jugando?

—Iris, joder, te he dicho que no podemos hablar. —Miró hacia los lados, nervioso.

—A mí no me has dicho nunca eso.

—Se sobreentendía. —Miró a su alrededor otra vez por si alguien nos observaba—. Ahora debo irme.

—Piero —le agarré un brazo—. ¿Qué te está pasando? Tu madre está muy preocupada. Apenas hablas con ellos y no vas a visitarles nunca. ¿Me vas a contar qué pasa?

—No puedo, además, no pasa nada.

—No me mientas.

—Me hiciste mucho daño, Iris —reconoció—. Ahora estoy feliz al lado de la persona que más he querido nunca y no quiero perderla como siempre me ha pasado con todas las personas que he querido.

—¿Es ella quien te ha prohibido ver a tu familia?

—Ella nunca haría eso.

—Entonces, ¿por qué no quieres hablar conmigo y por qué no hablas con tus padres? —pregunté desesperada—. Te echo de menos.

—Tengo que irme —dijo después de que su mirada se suavizara al escuchar mis palabras.

—¿Cuándo podemos hablar? —Agarré su brazo más fuerte.

—No podemos —dijo intentando zafarse de mi mano.

—¿Quién lo dice? ¿Tú o la arpía de tu novia?

Me lanzó una mirada asesina, tiró del brazo y se marchó a toda prisa sin mediar palabra.

Tenía el corazón palpitando a toda velocidad y no me había dado cuenta. La adrenalina recorría mi cuerpo y la rabia no me dejaba tranquilizarme. Tenía que analizar todas las palabras de Piero e intentar llegar a una conclusión rápida, aunque la conversación apenas me había dado información alguna.

Volví a casa de mis padres sintiendo que había fracasado en mi intento de averiguar todo este misterio. Sentía que había perdido la única oportunidad de que me lo contara. Anduve sonámbula todo el camino sin apenas darme cuenta de la belleza que me rodeaba. Al llegar a casa, encontré sobre la mesa un plato de comida que supuse que era para mí y los cubiertos perfectamente alineados. Mi padre y Ariadna no estaban, seguro que habrían subido a su habitación a echar la siesta, como acostumbraban a hacer a esas horas. Me senté y comí mientras degustaba una copa de vino blanco brillante y espumoso de la pequeña cosecha de mi padre. Respiré profundo. Debía aclarar la mente para poder pensar mejor en lo sucedido y en cómo podría volver a tener una nueva oportunidad de encontrármelo. Cuando terminé de comer, salí al jardín y me senté sobre la hierba rodeada de los árboles y las flores, mis mejores amigos. Cerré los ojos e intenté aspirar toda la naturaleza y su energía en una meditación corta y sencilla. Sin duda necesitaba reconectar con mi mundo y apreciar los dones que se nos ofrecían y de los cuales apenas somos conscientes.

Antes del anochecer, subí a mi habitación y llamé a Julián mientras observaba todo aquel paisaje desde mi ventana. Quería saber si habían tenido noticias de su padre.

—Aún no sabemos nada —contestó cansado—. Hemos recorrido alguno de los hoteles, pero nada.

—¿Vas a venir a buscarme mañana? —pregunté.

Teníamos una cita con su familia, pero pareció no recordarlo.

—Vamos a seguir buscándole —contestó.

—Mañana era cuando nos reuníamos todos con tu madre, ¿recuerdas?

—Es verdad, la dichosa comida familiar. Te recojo a media mañana, entonces —anunció.

—Perfecto —respondí e hice una pausa—. ¿No vas a preguntarme por tu hermano?

—No.

—¿No te interesa entonces saber si le he visto o no? —intenté que reaccionara.

—¿Le has visto? —preguntó rápido.

—Sí.

—¿Y? ¿Has conseguido algo? —Los celos le carcomían, lo notaba en el tono de su voz.

—No he tenido mucha suerte, pero seguiré insistiendo —le aseguré.

—Lo sé —afirmó.

Me conocía bien y sabía que no me gustaba dejar ningún cabo suelto.

—Mañana nos vemos. —Rompí el silencio—. Me voy a la cama que estoy muy cansada. Te quiero.

—Y yo a ti.

Había sido una despedida fría y no era para menos. Julián estaba harto de que su hermano anduviera todo el día dando de qué hablar y ahora estuviera dando tantos problemas. No le gustaba nada la relación que habíamos mantenido en el pasado y le hervía la sangre cuando pensaba que había estado demasiado cerca del que pudo ser su rival. Sabía que Piero aún seguía sintiendo algo por mí, aunque yo le hubiera intentado convencer de que no era así. Se le había cruzado y no había manera de hacerle cambiar de opinión. Julián era terco y si creía que llevaba razón, no había quien se la quitara por muchas explicaciones que se le dieran.

Me tumbé en la cama y miré el techo decorado. Mi mente analítica comenzó a mover los engranajes.

¿Cabía la posibilidad de que aquella nueva novia de Piero ejerciera alguna clase de embrujo sobre él? ¿Acaso ese intento de hechizo era lo que le impedía ser él mismo y seguir manteniendo los lazos familiares como antes? Desde luego, según Estela, todo había cambiado desde que se habían conocido. No era una buena influencia para su hijo, estaba claro, y así se lo hizo saber a su hijo que, a partir de ese momento, había comenzado a distanciarse de ellos, cortando casi toda conexión. Apenas algún mensaje esquivo era lo que recibía Estela de su querido hijo. Conocía a Piero y sabía que no era su forma de actuar y cada vez que lo pensaba, me preocupaba más por la situación.

Julián llegó a media mañana. Teníamos comida familiar con su madre y vino a recogerme. Aprovechando que estábamos allí, le hice pasar por casa de Piero y esperar unos minutos por si teníamos suerte y volvía a cruzármelo e intentar que viniera a la comida también. No hubo suerte, ya que, aunque Julián accedió a regañadientes a ir hasta la puerta de su casa, no le vimos y tampoco contestó a la llamada que le hice un poco antes de irnos.

Recorrimos los kilómetros que nos separaban de Florencia casi en silencio. Cada uno preso de sus propios pensamientos. Intentando que nada ni nadie nos distrajera. Escudriñando las posibilidades que nos quedaban para tratar de solucionar las desventuras que se nos presentaban.

Una vez en Florencia, Julián metió el coche en el aparcamiento del edificio de casa de su madre, por lo visto, Violeta le había dado la llave antes de ir a recogerme. Nos bajamos y nos abrazamos como si hiciera siglos que no nos hubiéramos visto. Ese abrazo nos reconfortó tanto a ambos que pudimos, por fin, romper el silencio en el que nos habíamos sumergido durante el viaje.

—Tengo ganas de volver a España —inició Julián—, volver a nuestras rutinas, a nuestra vida —susurró en mi oído.

—No podemos, Julián. Debemos solucionar todo este embrollo —insistí—. No podría irme tranquila sabiendo que dejo aquí a Piero en estas circunstancias.

Sabía que todo aquello estaba haciendo herida en mi relación con él, pero no podía evitar intentar solucionar lo que estuviera en mi mano.

No emitió ni una palabra más. Se separó y emprendió el camino hasta la casa de Estela. Yo le seguí.

Al llegar, Violeta y la niña nos esperaban sentadas alrededor de la mesa. Estela se tiró a mis brazos en cuanto me vio y yo la alcé sobre mis caderas mientras me daba infinitos y minúsculos besos por toda la cara. Miré a Violeta y apretó los labios. Un gesto que solía hacer cuando se sentía preocupada.

Estela apareció con una fuente de pasta, nos miró a todos, saludó con la cabeza y la dejó sobre la mesa. Yo me acerqué para darle un beso. Miré a Julián y él hizo lo mismo después de rebufar y quejarse en silencio. Nos sentamos todos alrededor de la mesa. La tristeza parecía invadir aquella casa tan bonita y tan bien decorada. El padre de Piero comenzó a hablar sobre el calor y la humedad que hacía en aquella época del año intentando crear un ambiente más distendido. De repente, sonó el timbre y el silencio se hizo entre nosotros. El padre de Piero se levantó para abrir mientras los demás mirábamos expectantes hacia la puerta.

Se oyó a alguien aclarar la voz y acto seguido dijo:

—Lo siento, he venido a ver a Estela.

—Pasa —dijo el padre de Piero.

Aquella voz era inconfundible y sabíamos muy bien de quien era. Le vimos aparecer ante nosotros y Julián se levantó como de un acto reflejo.

—Papá —le abrazó como si hubiera recuperado la alegría—, ¿qué haces aquí?

—He venido a hablar con Estela. —La miró y esta asintió con una leve sonrisa.

—Pero ¿por qué no nos habías dicho que ibas a venir? —preguntó Violeta acercándose a él.

—No lo sabía —afirmó con rotundidad Román, sin poder dejar de mirar a Estela.

Todos nos miramos y decidimos dejarlos solos. Sabíamos que debían hablar y empezábamos a estar de más en aquella casa. El padre de Piero se quedó de pie mirando la escena y yo lo agarré con suavidad del brazo intentando que me siguiera hasta la calle.

—Es mejor dejarlos a solas —le dije mientras intentaba tranquilizarlo.

—Está bien —dijo cabizbajo, aunque no sabía si hacía lo correcto.

Tanto mi madre como el padre de Piero tenían la impresión de que sus relaciones habían empezado a derrumbarse en el momento en el que Román y Estela habían vuelto a reencontrarse. En el pasado eran tan felices y estaban tan enamorados que pensaban que todo ese amor había resurgido de nuevo y estaban pensando en si no deberían volver a lo que tenían y estar de nuevo juntos. Había más dudas y preocupación entre ellos y eso estaba haciendo mucho daño a sus respectivas relaciones.

Salimos de la casa y, suspirando, bajamos hasta la calle y entramos en el primer café que encontramos, esperando a recibir noticias de alguno de ellos. Esperando a saber qué pasaba por fin entre ellos y aclarar todas las dudas que nos sobrevenían. Sabíamos que la espera se nos haría eterna.

YO ME VOY

Mi teléfono comenzó a sonar nada más pusieron los cafés sobre la mesa. Todos me miraron expectantes, nerviosos, pero los tranquilicé anunciándoles que era Andrea. La tensión estaba demasiado presente en nuestras vidas las últimas semanas. Lo cogí y salí a la calle con la intención de hablar con más intimidad.

—Andrea —dije pensando en la niña y en lo que los echaba de menos a todos.

—Hola, cielo —añadió contenta de escuchar mi voz—. ¿Qué tal va todo por Italia? ¿Alguna novedad con lo de Piero?

—Tenemos un follón más que considerable —comencé—. El padre de Julián ahora mismo está con Estela hablando o vete tú a saber, no quiero ni pensarlo.

—¡¿Cómo?!

—Lo que oyes. Ha venido a Florencia sin decir nada a nadie y se ha presentado en casa de Estela para hablar con ella. El marido está aquí con todos nosotros esperando a que digan algo.

—¡¿El marido?!

—Han pasado tantas cosas, Andrea... —Cerré los ojos y respiré hondo—. Hoy teníamos comida familiar. La primera de las vacaciones. En fin, cuando estábamos a punto de empezar, apareció Román detrás de la puerta y... Los dejamos a solas.

—¡Madre mía, Iris! —intervino—. ¿Y tu madre lo sabe?

—Mi madre está temporalmente viviendo en mi casa. Se ha hartado de seguir al lado de una persona que la ignora, según dice. Piensa que su relación se ha acabado.

—No me habías dicho nada de lo de tu madre.

—Ya, es que hay tantas cosas que me preocupan, que...

—No pasa nada —me tranquilizó—. ¿Puedo ir a ver cómo está tu madre? Seguro que le vendrá bien un poco de compañía.

—Sería perfecto, Andrea. Muchas gracias.

—¿Y lo de Piero cómo va?

—Le he visto, pero apenas he podido hablar con él. —Apreté los labios con rabia—. Tengo que descubrir qué le pasa y pronto. Pero eso ya te lo contaré más adelante. Ahora te dejo que parece que veo a Román salir del edificio.

—Vale. Un beso.

Colgué a Andrea y miré a Román cómo salía y se atusaba el pelo nervioso. Crucé la calle y me acerqué. Cuando me vio se recompuso.

—Román, ¿va todo bien?

—Sí, todo bien —dijo sin mirarme a los ojos.

—Estamos todos en aquel café, ¿vienes con nosotros?

—No, gracias, Iris, tengo muchas cosas que hacer. —Me abrazó y se marchó a toda prisa.

Mientras intentaba digerir aquella corta conversación me dirigí de nuevo al café y les dije que había visto a Román salir y que Estela estaba sola en casa. Subimos todos de nuevo y vimos a Estela sentada en el sofá con las manos sobre el regazo, llorando. Su marido se acercó con rapidez hacia ella y la abrazó con la intención de que pudiera seguir desahogándose en sus brazos.

—Cariño, ¿qué ha pasado? —preguntó cuando ya estuvo algo más tranquila.

—Lo que tenía que pasar —añadió mirándolo con devoción—. Ahora vamos a la mesa a disfrutar de nuestra comida familiar.

Hubo un cruce de miradas y, después de eso, nos sentamos a la mesa sin decir ni una palabra, haciendo caso de la sugerencia de Estela. Comenzamos a servirnos los platos mientras que la niña nos contaba que había conocido a un niño muy tímido, en el pasillo del edificio, que se escondía detrás de las faldas de su madre cada vez que la veía. Aquel relato destensó el ambiente y nos hizo reír a todos. Estela tenía un don especial para unir a la familia y lo estaba usando sin darse cuenta. Julián parecía absorto en sus pensamientos, al igual que

Violeta, pero siguieron el relato de Estela muy atentos y sonrientes, como si aquella niña pudiera evadirlos de sus preocupaciones.

Después de entrada la tarde, Julián y yo nos pusimos de nuevo camino a San Gimgnano. Él había intentado ponerse en contacto con su padre, pero este no le había cogido el teléfono ni a él ni a Violeta, que también lo había intentado. Todo parecía como una locura y Estela no nos había querido contar nada. Tampoco quisimos insistir en el tema para intentar que la comida discurriera en un ambiente familiar de lo más normal.

Llegamos a casa de mi padre y nos los encontramos tomando un té en el porche. Aquella imagen relajó todos mis músculos y entonces sí, pude respirar hondo. Nos sentamos con ellos y les relatamos todos los acontecimientos vividos en Florencia, mientras descansábamos del largo viaje.

El día había dado para mucho, desde luego, pero a pesar de lo que había pasado con Román y Estela, mi mente volaba con Piero y su misteriosa actitud.

Habían pasado ya un par de semanas desde que habíamos viajado a Italia y las vacaciones llegaban a su ecuador. Me preocupaba no poder hablar con Piero y también qué habría sido de Román, pero habíamos decidido disfrutar del tiempo de descanso y Julián me amenazó con que, si no íbamos de excursión a verlos bonitos pueblos de la Toscana, se volvería para España. Yo terminé por acceder porque tenía razón, habíamos venido a Italia a descansar y a disfrutar de unas merecidas vacaciones y los acontecimientos estaban estropeándolo todo. Nos sentamos y planificamos toda la agenda para el resto del viaje: ir a visitar los pueblos cercanos, viajar a Florencia a la comida familiar de todas las semanas, quedarnos en Florencia para conocerla más fondo un par de días... Y así lo hicimos. Fuimos a recorrer la Toscana, comimos en los mejores restaurantes que encontramos a nuestro paso e intentamos disfrutar de las dos semanas que aún nos quedaban de descanso. Aunque, he de reconocer que mi mente estaba ausente demasiadas veces y Julián empezaba a hartarse de mis huidas mentales repentinas e inesperadas.

Julián y Violeta habían sabido de su padre y parecía estar más tranquilo y ya en su casa. Tendrían tiempo de hablar con él a nuestra vuelta.

Un día, casi al final de nuestras vacaciones, mi madre llamó y me contó que Román había ido a buscarla a casa y que habían estado hablando, llorando y riendo todo el fin de semana y que, por fin, parecía que todo se había arreglado.

—Estoy muy contenta, mamá.

—Sí, y yo también, y lo mejor de todo, Iris... —Se calló un segundo—. Bueno, ya te cuento cuando vuelvas, prefiero hacerlo en persona.

—Estaremos ahí la semana que viene si todo va bien. —Dudé por un instante pensando si de verdad iba a volver a España sin arreglar el tema de Piero.

—Tengo muchas ganas de verte, cariño —dijo mi madre contenta de nuevo.

—Y yo a ti.

Sin duda el tema de Román se había zanjado y mi madre había vuelto a su vida ideal junto a su gran amor. Se merecían una segunda oportunidad para poder aprovechar lo mucho que se querían.

Miré mi teléfono, sentada en el porche y pensé de nuevo en Piero. Marqué su número y, después de varios tonos en los que ya no esperaba que respondiera, alguien descolgó.

—¿Piero? —Hubo un silencio incómodo.

—Deja en paz a Piero o… —amenazó una voz femenina.

Me puse alerta y noté subir el calor por todo mi cuerpo.

—¿Qué le estás haciendo? —pregunté con toda la rabia saliendo a borbotones—. Piero es mi amigo y no voy a permitir que le hagas daño, ni a él ni a su familia.

—Piero está mejor que nunca. Ahora no quiere saber nada de vosotros —añadió satisfecha—. Y tú… Más te vale dejarle en paz o tendrás que vértelas conmigo.

—Pues me arriesgaré, pero no voy a perder a Piero ni voy a permitir que lo separes de todos nosotros, ¡somos su familia!

—Él lo ha decidido así —sentenció.

—¡Eso no es cierto! —Levanté de nuevo el tono—. ¡Piero nunca haría algo así!

—Qué poco le conoces… —soltó una leve y maligna risa y la conexión se cortó.

La respiración se me había acelerado tanto que me impedía respirar con normalidad. Mis ojos se giraron hacia Julián, que ahora estaba a mi lado y mantenía su miraba con el ceño fruncido, esperando a que le diera alguna explicación a mis gritos seguidos de un repentino ataque de ansiedad. No le había oído entrar. La cosa pintaba muy mal.

—Estoy más que harto de todo lo que tiene que ver con Piero. —Me miró y me sujetó la cara para que le prestara atención—. Me vuelvo a casa.

—Julián…

—Está más que decidido. Tú quédate y haz lo que quieras, pero yo me vuelvo. Tengo mucho trabajo que atender.

Y era cierto, pero más cierto era aún que la situación no se mantenía en pie y debíamos hacer algo.

Me besó y se marchó hacia el interior de la casa. Seguro que lo más lógico hubiera sido volverme con él y dejar de intentar controlar lo que no estaba en mi mano, pero no, no podía volver y dejar así las cosas, debía hacerme cargo de Piero y de aquella arpía que le tenía manipulado hasta tal punto que contestaba ella su teléfono. Gruñí intentando soltar toda la rabia que llevaba dentro y fui a buscar a Julián para hacerle cambiar de idea.

Entré en la habitación y le vi guardando parte de su ropa en la maleta, enfadado.

—Julián, por favor, tienes que entenderlo.

—Te entiendo, pero tú también debes entenderme a mí —añadió.

—¿Y qué es lo que debo entender? —Puse los brazos en jarras.

—Que nuestra relación se está deteriorando por culpa de tu obsesión por Piero. —Ahí estaban de nuevo los absurdos celos por su hermano.

—¿Mi obsesión por…?

—Sí, y no voy a quedarme aquí viendo cómo vas detrás de él todo el día. Estoy más que harto —me interrumpió.

—Piero tiene problemas. —Me acerqué con actitud conciliadora a pesar de que lo que me apetecía era pegar un grito y romper todos los cristales—. Y debemos ayudarle —respiré intentando tranquilizarme.

—Es mayorcito —dijo mientras cerraba la maleta—. Sabe cuidarse solo. No necesita ninguna niñera —dejó la maleta en el suelo y me miró sujetándome la cara otra vez—. Ven conmigo, Iris, nuestro viaje a Italia se ha acabado. Volvamos a casa.

—No puedo y lo sabes. —Me soltó la cara y agarró la maleta con rabia—. Cómo quieras.

Se giró y comenzó a andar desapareciendo de la habitación seguido de su maleta de ruedas.

Una angustia se apoderó de mí. Sabía que debía tomar una decisión rápida y en ese momento, pero la decisión ya estaba tomada desde el principio, aunque nos doliera: debía quedarme y ayudar a Piero, aunque eso supusiera un gran problema entre Julián y yo.

Me senté en el suelo y lloré perdiendo la noción del tiempo. Las punzadas de mi pecho eran demasiado dolorosas y necesitaba desahogarme de algún modo. No tenía a Andrea y a Lucas cerca para eso. Después de acabar con todas mis lágrimas, cogí el teléfono y llamé a Violeta para contarle lo sucedido. Debía saber que su hermano había decidido volverse a España sin mí.

—Y eso es todo —dije después de haberle contado lo de Julián—. Se ha marchado para España.

—Lo sé, Iris. Acaba de llamar para decirme que antes de ir al aeropuerto pasará a despedirse de nosotras —añadió Violeta.

—Intenta convencerle tú de que no se marche, a mí no me hace caso.

—Sabes cómo es, cuando se le mete una idea en la cabeza...

Lo sabía, pero era algo que no llegaba a asimilar, su cabezonería me superaba.

—Pues perfecto, que se marche, así no tendré que ocuparme también de intentar que no se enfade continuamente —añadí frunciendo el ceño.

—Iris... No seas así. —Se mostró conciliadora—. Ya sabes que no le tiene mucha simpatía a Piero y verte a ti tan empeñada en ir detrás de él...

—No voy detrás de él, solo intento ayudarlo —expresé mi frustración—. Es su hermano, por Dios...

Después de terminar de hablar con Violeta, miré el armario vacío de la ropa de Julián. Se había marchado de verdad. No podía creerlo. No podía entender que me hubiera dejado sola con el problema de su hermano. Pero así era Julián: a veces no veía más allá de sus narices y yo, no podía dejar pasar el tiempo, actuar como si no estuviera pasando nada y acabar perdiendo a Piero. Decidí que ya era momento de enfrentar esto de la manera más apropiada. De la única manera. Yendo a buscarle de nuevo y no dejarle marchar hasta que escuchara todo lo que tuviera que decirle. Tenía que acorralarlo para que me escuchara. Estaba decidido. Si esta vez no salía bien, entonces pensaría en la idea de que no se podía controlar lo incontrolable.

Fui consciente de que estaba furiosa. Salí de la habitación dispuesta a volver a San Gimignano para hacer guardia delante de la casa de Piero, pero no sin antes llamar con insistencia hasta que alguien apareciera en la puerta. Mi padre me vio justo antes de salir y me llamó.

—Iris, ¿vas al pueblo?

—Sí, ¿necesitas algo?

—No, solo iba a preguntarte si necesitas ayuda. —Mi padre estaba preocupado por mí.

—Voy a hacer guardia frente a la casa de Piero y hasta que no me escuche no voy a volver —sentencié—. Estoy harta de perder el tiempo. Julián acaba de irse y no puedo permitir que esto acabe con mi relación.

—¿Julián se ha marchado?

—Sí, papá, y lo siento. Julián a veces puede ser muy…

—¿Insistente? —dijo mi padre al ver que no encontraba un adjetivo adecuado.

—Más bien diría cabezota.

Le di un beso y salí de casa dispuesta a acabar con aquello cuanto antes. Sabía que debía enfrentarme de nuevo a la misteriosa novia, pero recé para que Piero saliera de casa, solo, una vez más, y poder llevármelo a un sitio íntimo donde solo estuviéramos él y yo y no pudiera salir huyendo cuando la situación se pusiera demasiado incómoda. Entré en el pueblo y miré la ventana de la cafetería donde nos conocimos y donde solíamos tomar café a menudo. Me pareció ver a alguien conocido a través del cristal. No podía tener tanta suerte, pensé. Se me aceleró el pulso y el corazón palpitaba a toda prisa. Me acerqué y no pude creer que Piero estuviera allí sentado, solo, en la misma mesa donde solíamos sentarnos cuando nuestra amistad era sincera y fuerte. Miré a mi alrededor y fijé mi vista otra vez en él. No me creía que pudiera estar solo, pero no vi presencia femenina por ningún lado. Era mi oportunidad para volver a intentarlo. Corrí hasta el café y entré nerviosa mirando a mi alrededor como si me persiguiera un asesino en serie. Piero estaba con unos papeles y no me vio entrar. Me acerqué y, al notar mi presencia, levantó la mirada.

—Joder, Iris —dijo alterado al verme—. ¿No vas a parar nunca?

Me senté frente a él. Respiré hondo.

—No, no puedo permitir que mandes a la mierda nuestra relación y la de tu familia —introduje—. Estamos muy preocupados por ti y de sobra sabes que no voy a parar hasta que consiga saber qué te pasa.

—Ya te he dicho que no pasa nada. —Miró a su espalda—. Greta está en el baño, será mejor que no estés aquí cuando ella salga.

Miré la mesa y vi dos tazas vacías. No me había fijado, pero ella estaba allí y Piero tendría serios problemas si me volvía a ver con él ¡Mierda!

—Está bien, te espero mañana por la mañana aquí para hablar, si no vienes seguiré intentándolo hasta conseguirlo, ya me conoces. Así que, si no quieres tener más problemas con...

Greta—me costaba hasta pronunciar aquel nombre— más te vale venir. —Y era una amenaza en toda regla.

Miró a su alrededor de nuevo, preocupado.

—Vale. Joder —dijo mientras se atusaba el flequillo—. A las doce ella ha quedado y estaré solo en casa. Nos vemos aquí a esa hora más o menos.

—Perfecto. —Me levanté para desaparecer lo antes posible—. No me defraudes. Somos amigos.

Me miró y asintió. Salí corriendo del café justo antes de que ella apareciera. Me giré antes de desaparecer y vi cómo le besaba y absorbía lo poco que quedaba de aquella persona que yo había conocido. Cómo habían cambiado las cosas desde entonces…

Emprendí mi viaje de vuelta con la esperanza de poder ver a Piero al día siguiente. Ahora tenía la única oportunidad disponible en mis manos, debía elaborar una estrategia para que me escuchara y sacara sus propias conclusiones, pero antes debía intentar que me explicara qué había pasado para que se distanciara de su familia y de mí. Quería arreglarlo todo, volver a España y sentir la tranquilidad de saber que has hecho todo lo que estaba dentro de tus posibilidades. Ahora lo tenía todo al alcance de mi mano o, al menos, eso era lo que parecía…

PILLADO

A estas alturas, Julián ya debería estar en casa. Todavía no me ha llamado para decirme que ha llegado bien a España, pero tampoco sé si lo hará. Estaba tan enfadado cuando se fue que me espero cualquier cosa. Miré el teléfono y seguía sin haber ningún mensaje suyo. Decidí que no esperaría su llamada más, aquella inquietud me ponía nerviosa. Marqué y esperé impaciente escuchar su voz al otro lado. Los tonos se fueron sucediendo hasta que se cortó el sonido y nadie contestó. Supuse que estaría ocupado y que ya me llamaría cuando mirara su móvil. Eso esperaba.

Desayuné sola en el porche. Mi padre y Ariadna habían salido a su clase de yoga y me habían dejado el desayuno preparado con una nota. Pensé en cómo iba a decirle a Piero que su novia estaba acabando con todas las relaciones importantes de su vida. En saber encontrar la sutileza para ordenarle que dejara ya esa relación tan tóxica. Intenté prepararme mentalmente para nuestra cita. Era la primera vez que Piero accedía a verme desde hacía mucho tiempo y debía escoger bien las palabras para evitar que saliera corriendo. Recogí el desayuno y me senté en la hierba a respirar junto a la naturaleza, aún tenía tiempo para absorber los perfumes de las flores de verano y relajarme con lo que más me gustaba.

Salí con tiempo para encontrarme con Piero, quería dar un tranquilo paseo hasta el pueblo y deleitarme con los verdes parajes que se extendían a mi alrededor. Cuando llegué a la plaza, los turistas se agolpaban en el puesto de los helados, era verano y a esas horas, se hacía más soportable el calor con algo fresco entre las manos. Miré hacia la cafetería y pensé en Julián. Lo llamé de nuevo, me pareció extraño que no me hubiera devuelto aún la llamada, aunque por la manera en que se fue, no debía extrañarme tanto. El teléfono sonó, pero Julián, de nuevo, no lo cogió. Lo guardé y me dirigí a mi cita con Piero. Me senté junto a la ventana y esperé junto a mi capuchino a que fuera la hora.

Comencé a ponerme nerviosa cuando vi que habían pasado ya unos minutos de las doce. Piero debía estar ya aquí, solía ser muy puntual. Miraba el reloj cada segundo rezando porque no me hubiera dado plantón cuando lo vi aparecer por la puerta. Respiré hondo y expulsé de golpe el aire. Me levanté y lo saludé con la mano. Se acercó y se sentó sin ni siquiera darme un beso. No pasa nada, pensé.

—¿Quieres un capuchino? —pregunté cuando lo tuve frente a mí.

—No, gracias. No tengo demasiado tiempo —dijo mirando por la ventana—. Así que di lo que tengas que decir y rápido.

—¿Qué pasa que no puedes ni ir a tomar un café con una amiga?

—Es muy celosa.

—Piero —lo agarré la mano y él miró la mía—, cuéntame qué está pasando. No puedo ayudarte si no me lo dices.

—No está pasando nada, solo que... Estoy enamorado.

—¿Enamorado? —pregunté echándome hacia atrás en mi asiento—. Tú no estás enamorado, estás más bien abducido.

—Después de lo que sucedió entre nosotros, estaba bastante jodido —comenzó a contarme. Por fin empezaba a abrirse y yo me mantuve a la escucha—. La conocí al empezar el curso y nos hicimos inseparables. Ella me ha dado lo que tú no pudiste o no quisiste darme.

—No digas eso, por favor —supliqué—. No intentes hacerme sentir culpable de tus desgracias.

—No lo hago. Solo digo que ella llegó en el momento en el que me encontraba más solo y me dio lo que necesitaba. Supo hacerme feliz.

—¿Hacerte feliz significa separarte de tu familia y de tus amigos? —Estaba deseando que me contara porqué lo había hecho.

—Al principio solo queríamos disfrutar de nosotros y no pensaba en nada más que en ella y en pasar el máximo tiempo juntos. Lo que me hacía sentir era justo lo que necesitaba en aquel momento. Parecía conocerme tanto que me dejé llevar por esos instantes de alivio emocional. Después me di cuenta de que había pasado el tiempo y me había olvidado de todos. Fui a ver a mis padres, pero ella se enfadó mucho porque la había dejado sola en un mal momento y... Bueno, no quería hacerla enfadar, así que...

—Hiciste todo lo que ella quiso, aunque supusiera alejarte de todos nosotros —terminé la frase por él.

—Ella es lo más importante del mundo para mí. —Se puso de pie y miró el reloj.

—¿Ya te vas? —pregunté—. Apenas hemos podido hablar.

—Ya te he dicho que no tenía mucho tiempo. —Miró de nuevo hacia la plaza y se encogió abriendo mucho los ojos—. ¡Mierda! Me ha visto.

—¿Quién? —pregunté asombrada al ver su reacción.

—Tengo que irme. Joder, no tenía que haber venido...

La novia de Piero entró en la cafetería y vino directa hacia nosotros, pero él ya había salido a su encuentro.

—Cariño, tranquila, no pasa nada, ya hemos hablado de esto, es solo una amiga —dijo Piero mientras le sujetaba la cara para que le mirara solo a él.

—Quítate del medio —dijo con la mirada fija en mí.

—Por favor, vámonos —suplicó Piero.

Me levanté y me erguí levantando la mirada. Quería desafiarla para que Piero la viera en acción y supiera quién era en realidad la persona que estaba a su lado. Se acercó hasta mí con los ojos inyectados en sangre y una cara de loca que me dio auténtico pavor. Me mantuve impasible.

—Creo que ya te había advertido sobre lo que pasaría si te veía rondando por aquí —dijo con aires demasiado altivos, como si fuera la dueña de todo lo que pasaba a su alrededor.

—No, no me advertiste, me amenazaste —corregí.

—¡Deja en paz a Piero de una vez! —gritó.

—O qué —la incité a seguir.

—Parad, por favor —intervino él—. Ya nos vamos.

—Espero volver a verte pronto, Piero —dije ante la mirada atónita de su novia.

—Ni lo sueñes —añadió ella.

—Tendría que ser Piero el que me contestara, no tú.

—Si vuelves a acercarte a Piero te juro que te mato. —Ahora había sacado su personalidad por fin. Ahora se mostraba tal y como era. Sigue…

—¡Greta! —Piero la agarró de brazo—. ¿Pero qué estás diciendo?

—No te lo advierto más —ordenó y después se giró hacia Piero para decirle algo que no entendí.

—Adiós, Iris. —Piero bajó su mirada triste, salieron de la cafetería y desaparecieron por la plaza.

Mis pulsaciones habían subido de manera exagerada y tuve que sentarme para poder reponerme, me sentía mareada, con una angustia que me recorría el estómago y notaba cómo el corazón quería salirse de mi pecho. El camarero se acercó al verme y me trajo un vaso de agua tras preguntarme si me encontraba bien. Descansé unos minutos, templé los nervios y llamé de nuevo a Julián para contarle lo sucedido. No lo cogió, por supuesto, y ya era la tercera llamada que le hacía. Llamé a Violeta en su lugar. Necesitaba hablarlo.

—Acabo de hablar con tu hermano —comencé—. Violeta, esto es más grave de lo que parece. Por lo visto ella le tiene coaccionado, amenazado, no estoy segura, pero he notado lo nervioso e inquieto que se sentía mientras estaba conmigo y a cada momento, miraba obsesionado a su alrededor esperando no encontrársela.

—Iris —dijo Violeta con una voz extraña—. Mi hermano... no está bien.

—Ya lo sé y tenemos que hacer algo para que termine esa relación tan tóxica y podamos recuperarle. —Quería que Violeta me ayudara.

—No me refiero a Piero.

—¿Julián? ¿Qué le ha pasado? ¿Ha tenido un accidente? Por eso no me cogía el móvil, joder...

—No, no ha tenido ningún accidente —me tranquilizó—. Es solo que...

—Joder, Violeta, dime qué está pasando.

—Que ha recogido sus cosas de tu casa y te ha dejado las llaves sobre la barra de la cocina. —Esperó en silencio mi reacción.

—¿Y eso significa que...?

—Está muy enfadado porque has elegido a Piero antes que a él. Dice que te has quedado en Italia y has dejado que él volviera solo. Que eso solo puede significar que vuestra relación se ha acabado.

—Pero... ¿Qué? —pregunté mientras me subía aún más la angustia—. Sabía el motivo por el que me quedaba, él decidió irse sin mí y dejarme aquí con el problema de su hermano. No puede echarme las culpas de que me haya abandonado.

—¿Nuestra relación había acabado? ¿Qué? Se me formó un nudo en la garganta que me impedía seguir hablando. Todas las emociones saltaban y querían salir de golpe.

—Iris, ya sabes cómo es mi hermano, tozudo como una mula. Intenta arreglar lo de Piero y vuelve cuanto antes —me aconsejó—. Nosotras nos vamos mañana, por si quieres venirte.

—No puedo. He de arreglar todo este desaguisado.

—Está bien, pero alguien tiene que hacerse cargo de las tiendas. Yo debo irme —añadió Violeta.

—Vale, yo iré cuanto antes.

Nos despedimos y una lágrima comenzó a derramarse por mi mejilla. No podía creer que Julián fuera tan insensible con el tema de su hermano y me hiciera culpable a mí de que nuestra relación se estuviera deteriorando. Los dos hermanos eran iguales.

Me levanté, pagué y me marché a tomar un poco de aire. Necesitaba oxigenar la mente. Caminé por el pueblo durante horas sin darme cuenta de que se había hecho tarde. Las horas pasaron mientras yo me arrastraba calle tras calle sin saber ni qué estaba haciendo. Volví a casa de mi padre e intenté ponerme en contacto con Julián por cuarta vez, pero nada, seguía ignorándome. Estaba claro que hasta que no volviera a España no iba a hablar conmigo.

Me senté a cenar y mi padre y Ariadna me miraban esperando que en algún momento comenzara a contarles loque había pasado, pero yo seguía concentrada en mis pensamientos sin ser consciente de que les tenía delante.

—¿Quieres más vino? —preguntó mi padre.

—No, gracias.

—Iris, ¿vas a contarnos qué te ha pasado? —preguntó Ariadna.

—Demasiadas cosas. —Una lágrima se deslizó de nuevo—. Piero, Julián, la familia…

—Necesitas hablarlo, vamos, cuéntanos qué pasa —me animó Ariadna.

—Vamos, cariño, dinos qué está pasando. Estamos preocupados. —Mi padre puso una mano sobre la mía.

—Es Julián, bueno, en realidad es Piero —dije al tiempo que me secaba las lágrimas—. Estela nos contó que Piero estaba demasiado tiempo sin ir a verlos y que apenas hablaban por teléfono desde que aquella chica había aparecido en sus vidas. —Respiré hondo—. Ya sabéis cómo soy, hasta que no descubro qué está pasando no me quedo tranquila, así que, después de que Piero tampoco quisiera cogerme el teléfono, fui a buscarle. Tenía que saber qué le estaba pasando. Pensé que quizá necesitaba ayuda y su orgullo no le dejaba pedirla. Por fin, después de insistir mucho, he podido hablar con él, pero, no me hace caso, dice que se ha enamorado y está demasiado cegado para ver que la mujer que tiene a su lado es una manipuladora, una controladora y una celosa sin límite. —Bajé la mirada un instante—. Y luego está Julián. La relación con su hermano es inexistente, cuando hablo de Piero se pone nervioso y acabamos discutiendo. Se ha vuelto a España y no me coge el teléfono. —Las lágrimas volvieron a brotar—. Dice Violeta que le ha dicho que nuestra relación se ha acabado. Que he elegido y está claro que no ha sido a él.

—Madre mía, Iris —dijo Ariadna mientras me acercaba un pañuelo—. ¿Y todo eso ha ocurrido en tus vacaciones?

—Sí. Todo eso y más —pensé en Román y en mi madre—. Debo quedarme algunos días más por aquí, alargar un poco mis vacaciones para que Piero acceda de nuevo a hablar conmigo y explicarle...

—Iris —mi padre me interrumpió—, no puedes obligar a nadie a que te escuche y menos a que haga lo que tú digas. Si no quiere escucharte debes dejar las cosas como están y seguir con tu vida.

—Ya lo sé, papá, pero tengo que hacerle ver quién está a su lado y lo mucho que está perdiendo por estar con ella. —No quería alzar la voz, pero esto ya me empezaba a superar y no sabía qué más podía hacer con Piero.

Todos nos quedamos en silencio, pensativos, con la mirada perdida. Había habido un instante tenso donde casi pierdo los nervios. Estaba demasiado sensible y ellos solo querían ayudarme. Me levanté y me fui al porche a recapacitar, necesitaba estar a solas. Las vacaciones no estaban siendo como esperaba ni muchísimo menos. Había planificado otra cosa muy distinta a la que estaba viviendo. Menudo desastre.

Miré el teléfono y marqué el número de Julián. Sonaron varios tonos hasta que se cortó. Estaba claro que lo que me había dicho Violeta era cierto y cada vez cobraba más peso, pero ahora no podía volver y dejar todo a medias. Ahora ya no. Sabe Dios qué le pasaría a Piero si seguía con aquella relación tóxica que apenas le dejaba pensar y mucho menos actuar.

Los días pasaron más rápido de lo esperado y a mí no se me ocurría cómo volver a encontrarme con Piero si no me cogía el teléfono ni leía mis mensajes. Se me ocurrió esperar a que empezara las clases y presentarme en el instituto día tras día hasta que accediera de nuevo a hablar conmigo. Esa era una opción, no sabía qué más podía hacer. No volvería a verlo. ¡Mierda! Qué complicado era acercarme al que un día fue mi mejor amigo, el que me ayudó a sobrellevar los problemas con Julián, el que puso una pizca de cordura en aquellos momentos tan complicados... Debía ayudarle yo ahora. No podía dejarle solo ante esta situación. A pesar de que ella estaba pegada a su lado como si fuera su sombra, vigilando todos sus movimientos como una perra en celo, debía encontrar el mejor momento para colarme entre su ángulo muerto de control. Tenía que pensar más rápido que ella y adelantarme a sus movimientos. No entendía como Piero no podía ver todo aquello tan claro como lo veía yo y darse cuenta de la mala compañía que tenía a su lado.

Después de pensarlo y analizar todas las posibles vías de acercarme a él, tracé un plan. A pesar de que Julián llevaba ya un tiempo sin hablar conmigo, me quedé y arriesgué la relación más importante que había tenido nunca por intentar recuperar a Piero y llevarlo de nuevo al lado de su familia, esa que nunca debió abandonar. Piero me necesitaba y también necesitaba a su familia, aunque él aún no fuera consciente de ello. Yo estaba ahí para hacérselo ver, tardase lo que tardase y Julián debía entenderlo, al fin y al cabo, era su hermano y eso estaba por encima de todo.

ESPERARÉ HASTA QUE ME ESCUCHES

Miré el teléfono y pensé en Julián. Estaba segura de que me echaría tanto de menos como yo a él y no podía creerme que me hubiera abandonado así, sobre todo por intentar arreglar algo que creía sumamente importante en su familia. Aquella chica estaba haciendo añicos a Piero y también a todos los que lo rodeaban y no podía permitir que aquello fuera a más, que terminara de tal manera que tuviera que arrepentirme por no haber hecho todo lo que podía hacerse. Llamé a Julián una vez más. Empezaba a estar cansada del juego de no cogerme el teléfono. Aquello me restaba demasiada energía y necesitaba estar en forma para poner todos mis sentidos alerta y actuar del modo correcto. Debía pensar como ella, convertirme en alguien que no era para saber por dónde se encaminaban sus siguientes movimientos y adelantarme a ellos. Sonó un timbre tras otro hasta que se cortó la conexión. No había manera de hablar con el cabezota de Julián y ya estaba bien de ir detrás de él. Él sabía lo que había y yo no iba a dejarlo estar, lo entendiera o no.

Bajé a desayunar como cada mañana y encontré a mi padre y a Andrea tomando su primer café. Sonrieron y me dieron los buenos días cuando entré al salón. Me senté con ellos y les conté mis planes que conllevaban, entre otras cosas, a quedarme un tiempo más con ellos. Ambos se alegraron de tenerme más tiempo en casa. Entre todos sopesamos las opciones para ver si ellos me daban alguna idea que no se me hubiera ocurrido antes. Mi padre me aconsejó que no esperara en la puerta del instituto, sino que entrara con la excusa de que había pasado algo grave y era urgente que hablara con Piero. Me pareció una buenísima idea y me dispuse a hacerlo en cuanto retomaran las clases después del verano.

Los días se fueron sucediendo entre tristeza, llamadas a Piero y a Julián —que ambos ignoraban— y también a Violeta que me iba informando casi a diario de cómo iba llevando el negocio sin mi presencia. Algunos clientes querían verme y que les contara de qué ingredientes mágicos estaban compuestos sus perfumes, además de que las nuevas creaciones se iban acumulando en mi cabeza como en una lista de pendientes infinita y debía comenzar a realizar ya mis nuevas creaciones. Salía al jardín de la Toscana donde mi padre producía sus vinos y donde habitaban todas las maravillosas plantas y flores que tanto echaba de menos en mi jardín de Mallorca y mi mente comenzaba a ponerse en marcha con las fórmulas. Era inevitable, mi trabajo era maravilloso. Aquellos parajes eran lo que me ayudaba a permanecer más tiempo en aquel lugar, aquello y la familia, por supuesto, que cada día me cuidaban y me mimaban para que me sintiera mejor que bien.

El otoño se acercaba impaciente y dejaba sus primeras lluvias despidiendo un verano caluroso y húmedo. Las flores comenzaban a abrirse de nuevo, reflejando el tímido sol que las acompañaba y sus aromas se desprendían ante mí, transportándome a formular los perfumes más hermosos y atrevidos. Caminé entre las flores rozando con mis dedos sus pétalos de colores y degusté la suave sensación de estar en mi mundo de nuevo. Cerré los ojos y respiré lo más profundo que pude, absorbiendo todos los aromas que se unían en consonancia y me relajé pensando que pronto todo se arreglaría.

Sonó mi teléfono. Era Violeta.

—Hola, flor —le dije al descolgar.

—Hola, salvadora —contestó—. Te noto de mejor humor.

—Me has pillado soñando un minuto.

—Siento haberte interrumpido, pero ya sabes que los clientes te reclaman. —Se hizo un silencio—. No quiero meterte presión, ya lo sabes.

—Sí, lo sé de sobra —contesté pensando en Julián y en mi vida en Mallorca—, pero debo terminar lo que empecé y ser fiel a mí misma. Hoy me acercaré al pueblo y comprobaré si han retomado de nuevo las clases o si puedo encontrar al que está siendo mi quebradero de cabeza este verano.

—Date prisa, Iris, los clientes no esperarán mucho más —añadió Violeta antes de despedirse.

—Lo sé —admití—. Intentaré darme prisa y si veo que me resulta imposible, solo entonces, volveré.

—Hasta pronto, espero —dijo Violeta antes de colgar.

No sabía si sería hasta pronto o no, sin embargo, lo que tenía claro es que debía hacerlo ya, sin más demora. Mi trabajo estaba peligrando y mi relación con Julián… Ya apenas quedaba nada de la relación entre nosotros. Hacía semanas que no hablábamos y yo había dejado de intentar mantener lo poco que quedaba vivo entre nosotros sin resultado alguno. Me hundía cada día un poquito más y buscaba consuelo entre mis flores, entre mis amigas las plantas rogándoles un poco más de tiempo y energía. Mi padre y Andrea también habían dejado de insistir en ayudarme, ya que no sabían qué más se podía hacer ante semejante panorama. Estaba sola, triste y desesperada.

Me enfundé mis deportivas y me acerqué al pueblo. Quería comprobar si las clases habían comenzado, así como le había dicho a Violeta, y, por qué no, ir hasta casa de Piero por si volvía a encontrármelo por casualidad, aunque era bastante improbable.

Iba a echar mucho de menos estos caminos tan verdes y tan llenos de vida a mi vuelta.

Llegué al pueblo y fui directa a casa de Piero. Esperé unos minutos y después, fui hasta el instituto. No quedaba muy lejos, así que paseé disfrutando de sus antiguas callejuelas aspirando el aroma de castillos y tiempos lejanos.

El instituto estaba cerrado y no parecía haber nadie dentro. Todo estaba demasiado tranquilo como para que allí hubiera un hervidero de jóvenes con las hormonas desbocadas.

Esperé en la puerta unos instantes y entonces apareció un profesor acercándose a la puerta donde yo me encontraba.

—Disculpe —dije cuando estaba a mi altura—. ¿Sabe si está Piero dentro? Debo decirle algo muy importante. —Me miró y me sonrió.

—Hola. Creo que sí. —No dejó de sonreírme—. Yo ya me iba, pero si quiere, puede entrar. Pregunte por él en la recepción de la entrada.

—Muchas gracias —dibujé mi mejor sonrisa—, no sabe lo que se lo agradezco. —Abrió la puerta y me permitió entrar mientras él salía.

Menuda sorpresa. La suerte parecía haberse puesto de mi lado hoy.

Me dirigí rápida hasta la entrada y pregunté por él en la recepción. Una secretaria de edad avanzada, me miró por encima de sus minúsculas gafas rosas y me indicó la sala donde podría encontrarle situada en el primer piso. No podía creer que me estuviera siendo tan fácil ir en su búsqueda. Subí las escaleras algo más nerviosa pensando que si Piero estaba aquí, su novia seguro que también estaría y eso me puso los vellos de punta. Seguí subiendo y me adentré en un pasillo con diversas puertas a los lados donde una placa de hierro indicaba el número de aula. Todas estaban cerradas y no podía escuchar absolutamente nada a través de ellas por más que acercara la oreja. A medida que me iba acercando al final del pasillo, escuché unas voces, no reconocí ninguna. Me acerqué sigilosamente hasta que las voces fueron subiendo de volumen, estaba más cerca cada vez, sin duda estaban reunidos y seguro que Piero estaba entre ellos, aunque no lograba distinguir su voz. Estaba muy cerca de la puerta que permanecía entrecerrada. Me acerqué al marco y me apoyé en la pared para poder girar la cabeza sin que se me viera.

—¡¡¡Chist!!! —El sonido me llegó por detrás. Alguien estaba llamándome.

Giré sobre mis piernas, sobresaltada, y vi a Piero al final del pasillo con el ceño fruncido, haciendo un gesto con el brazo para que fuera hasta él. Corrí lo más rápido que pude y nos metimos en los baños de hombres.

—Joder, Iris, no vas a dejarme en paz, ¿verdad? —Me tenía agarrada del brazo.

—Sabes que no voy a permitir que esta situación siga adelante. Tarde o temprano te demostraré la clase de persona de la que supuestamente te has enamorado.

—Ya sé lo que está pasando aquí. —Me miró haciendo una breve mueca que parecía algo así como una media sonrisa—. Te has dado cuenta de que elegiste mal y ahora quieres poner remedio.

—¿Pero qué tonterías estás diciendo? —Me había dado cuenta tarde de que aquella sonrisa era más bien de suficiencia—. He venido porque te quiero, sí, pero como se quiere a un amigo, a un hermano. Piero, estuviste conmigo cuando peor lo estaba pasando y ahora intento estar a la altura. —Tenía que hacerle comprender en poco tiempo que solo había venido a ayudarle y me estaba costando demasiado explicarme—. Tienes que salir de esa casa. Esa persona te está matando y está acabando con tu familia.

—Estás loca, Iris. No sé qué os pasa a todos con Greta, pero me ha ayudado más que lo has hecho tú, pero mucho más.

—Vale, y si te está ayudando, ¿por qué hace mil años que no vas a ver a tus padres? Tu madre no sabe qué te está pasando. Vive sumida en la tristeza desde que no te ve. Tú nunca has sido así. ¿A qué crees que se debe? —Ahora le agarré yo el brazo a él—. Tienes que deshacerte de ella cuanto antes o acabará contigo.

—No puedo creer que esté escuchando este tipo de estupideces —dijo zafándose de mi mano—. Tengo que volver a la sala de reuniones. Los profesores me están esperando y Greta también...

—Escúchame con atención —dije para que me mirara a los ojos por un instante—. Quiero verte mañana en casa de mi padre. Ven por la tarde, después de comer y hablaremos por última vez. Necesito que escuches todo lo que voy a contarte y después, si tú no quieres, no volverás a verme, pero dame tan solo la oportunidad de explicarme con algo de tiempo. Siempre que nos vemos tienes que irte y no puedo decirte todo lo que llevo dentro. —Se me hizo un nudo en la garganta—. Necesito explicarme y tú necesitas escucharme, te lo aseguro. Te juro que volveré a España y os dejaré en paz después de eso, por favor...

Piero me miró y vi cómo su mirada se suavizaba de nuevo. Veía al Piero encantador que hacía tiempo creía perdido. Por un instante, pensé que iba a mandarme a la mierda, pero me sorprendió que aceptara mis palabras. Parecía haber vuelto en sí.

—Está bien —dijo al fin—. Te daré la oportunidad de explicarte si eso es lo que tanto deseas.

—Gracias, Piero. —Una lágrima salió sin previo aviso y se deslizó lenta por mi mejilla.

—Después de comer estaré allí. —Su dedo paró la lágrima y la secó con suavidad—. Ya inventaré algo para que Greta no sospeche nada. Ahora tengo que irme.

—Sí, claro —dije secándome todas las lágrimas que se derramaron después de esa—. Mañana. No me falles, por favor.

Piero asintió y salió del baño con rapidez, dejando una estela de esperanza a su paso. Respiré profundo y sentí que había conseguido acercarme un poquito más a su frío corazón. Había vuelto a sentir a ese Piero que tanto echaba de menos. Ese que una vez tuve al alcance de mi mano y dejé salir huyendo.

Salí del baño más animada y bajé las escaleras hasta la recepción.

—¿Ha tenido suerte, señorita? —preguntó la recepcionista justo antes de que agarrara el pomo de la puerta.

—Sí, sí, muchas gracias.

Salí de allí veloz antes de que nadie más pudiera verme. Sobre todo, Greta. No quería causarle más problemas a Piero de los que ya tenía. Me sentía como dentro de una de esas películas de espías que tienen que pasar desapercibidos hasta conseguir llevar a cabo su misión. En fin, lo importante es que había conseguido ver a un Piero algo más receptivo. Ahora debía pensar bien el discurso que iba a contarle para que no sonara a conspiración peliculera y poco creíble.

Caminé a paso ligero por el camino de vuelta a casa. Quería contarles a mi padre y a Ariadna mis progresos y juntos, idear la estrategia para conseguir que Piero me escuchara y, lo más difícil, que me hiciera caso y abandonara a la peor persona con la que podía estar nunca. El estado en que él se encontraba cuando volvió a Italia, habiendo descubierto que Julián y Violeta eran sus hermanos y que su madre ahora ya no era la de siempre, habían hecho que se alejara un poco de su realidad y se ocultara bajo un mundo falso que se había creado para no sufrir. En ese estado fue cuando conoció a Greta. Ella se había acercado a él porque le había visto tan indefenso que creyó que podía usarlo a su antojo y así había sido. Él había encontrado en ella su salvación, ya que le daba justo lo que necesitaba, compañía y un remedio para olvidarse de todo la mayor parte del tiempo. Ambos tenían lo que querían, aunque no se dieran cuenta del mal que estaban haciendo a los que los rodeaban. Sobre todo, Piero alejándose de su familia y amigos. Ella... Ya no lo tenía tan claro. Quizá debía investigar un poco más para saber de su trayectoria... Me parecía que ocultaba demasiadas cosas y acabaría descubriéndolas tarde o temprano...

LA VISITA DE PIERO

Entré en casa. Mi padre y Ariadna estaban preparando la comida. Me dispuse a ayudarles mientras les relataba mis grandes avances con Piero. No podían creer que hubiera aceptado venir a hablar conmigo. Era como un milagro.

Me sentía algo mejor, con el ánimo un poquito más alto, pero si pensaba en todo lo que me estaba dejando por el camino, volvía a deprimirme y caía en picado.

Después de comer, salí a la terraza a dejar que la vitamina solar se colara por mi piel haciendo su magia, la necesitaba. Me senté a observar cómo las plantas se ondeaban con el viento y el calor me reconfortó por completo. Me sentía un poco mejor, con algo más de energía, pero, sobre todo, con ganas de seguir adelante con todo aquello y acabarlo, tuviera el final que tuviera.

Por otra parte, Julián seguía sin dar señales de vida y yo ya había desistido en mis intentos por hablar y explicarle por enésima vez el tema de su hermano. Ya me encargaría de él cuando volviera a España y se diera cuenta de que lo que estoy haciendo es por su familia y por un gran amigo. Era cuestión de tiempo que me entendiera.

Sonó el tono de mi móvil. Era un mensaje de Andrea. Había ido a visitar a mi madre y la había encontrado mejor de lo que imaginaba. Había vuelto a casa de Román y volvían a ser la pareja más envidiable que había visto nunca. Marqué su número y esperé contestación.

—Mamá —no pude evitar decirlo desde la tristeza—, ¿cómo va todo por ahí?

—Hola, cariño —la noté animada—, deseando que vuelvas. Todo está bien. Román y yo volvemos a ser una familia y Violeta… —Se hizo un silencio.

—¿Ha pasado algo con ella? —Las cosas se estaban desmadrando demasiado por allí. No tardaría mucho en volver.

—Violeta ha hablado con Estela y le ha contado lo de su padre. Será mejor que te lo cuente ella misma.

—Está bien. La llamaré después de hablar contigo. Debe de estar pasándolo fatal.

—Y… otra cosa —¿más cosas? No, por favor—, es en referencia a Julián…

—¿Qué le pasa ahora? —dije hastiada—. Ya arreglaré las cosas con él a mi vuelta. No se puede ser tan cabezota.

—Está muy enfadado —añadió—. No es que nos cuente mucho, pero su cara refleja lo mal que lo está pasando.

—Ya lo sé, mamá. Yo también lo estoy pasando fatal, pero por fin he conseguido que Piero me escuche. Vendrá mañana para hablar y volveré esta semana lo más probable —dije pensando que mi charla con Piero sería el punto final a unas inesperadas y nefastas vacaciones.

—¿Has conseguido que te escuche? —preguntó sorprendida—. Estos dos hermanos son iguales, cabezotas como el que más. —Y soltó el aire como si estuviera cansada.

—¿Tú cómo estás, mamá?

—Estoy bastante bien y con muchas ganas de que vuelvas. Tengo que contarte algo muy importante.

—Qué misteriosa te has vuelto últimamente. —La notaba feliz, cansada, pero feliz.

—Llevo toda la mañana arreglando el jardín y estoy agotada.

—Bueno, supongo que tantos días sin aparecer por aquella casa se han notado. —Mi madre había pasado las últimas semanas en la mía y el jardín de casa de Román, a pesar de que había personal de mantenimiento, no estaba a su gusto, seguro.

—Sí, necesitaba mi toque de nuevo. —Soltó una risa.

—Volveré muy pronto, te lo prometo.

—Vale, pues hasta pronto cariño.

—Adiós, mamá.

Era consciente de que Julián lo estaba pasando mal, pero yo tampoco es que estuviera viviendo mi mejor momento. Lo que tenía clarísimo era que, si no entendía lo que estaba haciendo, quizá no merecía la pena seguir intentando explicárselo. Desde luego, los dos hermanos se parecían mucho en eso. Ambos eran dos cabezotas de mucho cuidado. Incluso me atrevería a decir que rozaban lo insoportable.

Vi aparecer a mi padre que salía con una cesta de mimbre sonriendo.

—Hola, Iris —saludó con un beso rápido—. ¿Me ayudas a recolectar algunas flores para adornar un poco la casa?

—Por supuesto. —Me encantaba acariciar las flores y sentir su aroma sobre mis manos. Echaba mucho de menos mi trabajo.

Nos adentramos en el jardín y dejamos que las flores brillaran a nuestro alrededor. Mi padre se agachó y cortó unas margaritas violáceas con el pistilo casi naranja, preciosas, y yo agarré una rama de nardos blancos que me llamó mucho la atención. Seguimos recolectando hasta completar la cesta y entramos en casa a dejarlas en agua y, con ellas, dimos un toque de color al ambiente. Con las flores, la casa era aún más encantadora. Ariadna estaba preparando la cena y yo me metí a ayudarla en la cocina. Habíamos hecho bastante confianza todos estos años y me parecía adorable en todos los sentidos. Comprendía a la perfección que mi padre estuviera tan enamorado de ella. La miré a los ojos y le sonreí. Su presencia me causaba paz y arropaba mi tristeza. Estaba contenta de estar allí, aunque las circunstancias no fueran exactamente como las hubiera imaginado.

Después de cenar, subí a mi habitación y practiqué algunas respiraciones de yoga. Miré el móvil y pensé de nuevo en Julián y lo tosco que era en algunas cosas. Esa era una parte de él que no cuadraba conmigo, pero ya sabía de ella incluso antes de conocerle. En nuestro primer encuentro ya mostró rasgos de su carácter. Aún lo recuerdo como si fuera ayer y ya ha pasado bastante tiempo. Sonreí y me metí en la cama. Apagué la luz y me puse nerviosa al recordar que me enfrentaría a Piero al día siguiente. En unas cuantas horas le tendría delante y le haría ver, con mi gran argumento, lo equivocado que estaba al pensar que se había enamorado. El amor era otra cosa. El amor se introduce hasta lo más profundo de tu ser y te hace flotar, te hace ver la vida de otro modo. El amor no te separa de tus allegados y te mantiene en tensión todo el tiempo. El amor es fácil, bonito y te da paz. Hay una diferencia abismal en no poder vivir sin alguien y amarlo. Todo esto formaba parte de mi argumento. Debía explicarme bien y quería que me entendiera. Solo tendría esa oportunidad y no podía desperdiciarla o dejar que nada la arruinara. Era ahora o nunca. Mi amistad con Piero estaba en la cuerda floja, al igual que lo estaba él si seguía con aquella relación tan tóxica. Tenía tiempo de pensar en la estrategia en el desayuno e incluso pedir a mi padre y a Ariadna que me ayudaran si la cosa se ponía fea. Les tendría allí para apoyarme y supuse que quizá me haría falta…

Desperté temprano un día más con los nervios ya en el estómago. Me estiré y supliqué al día que estuviera de mi parte y me ayudara en la difícil tarea que tenía por delante. Amaba a Piero y a toda su familia y quería que todo volviera a la normalidad lo antes posible.

Bajé a desayunar, pero aún no había nadie despierto. Salí al porche y vi los primeros rayos de sol asomarse por el horizonte detrás de la plantación de mi padre. Las viñas aún seguían verdes, aunque les quedaba poco para comenzar a marchitarse. Era cíclico.

Miré el cielo y vi algunas nubes que amenazaban con tormenta. Las famosas tormentas de final del verano ya se avecinaban y me encantaba. Adoraba ponerme bajo la lluvia y dejar que las gotas calaran mi cuerpo y mi cara cuando todavía la temperatura era cálida. Era relajante a la vez que placentero. La naturaleza suele darte lo que necesitas en las diferentes estaciones del año.

Respiré profundo y anduve hasta el campo de flores que dormía unos metros después del porche. Me adentré en él y me rodeé de las bellas flores que se abrían con el rocío de la mañana. Aspiré el aroma y me reconforté por dentro.

El ruido de los platos llegó hasta mí. Giré sobre mis pies y me dirigí de nuevo al interior de la casa. Mi padre y Ariadna ya estaban despiertos y preparaban el desayuno.

—Buenos días, bella —dijo mi padre al verme entrar.

—Buenos días a vosotros también. —Sonreí y les acaricié la espalda a ambos.

—Tienes que contarnos qué tienes en mente para esta tarde —dijo Ariadna—. Tenemos que idear la estrategia para que todo salga lo mejor posible.

—Sí, he estado pensado en ello y creo que ya tengo mi discurso listo.

—Sabes que si necesitas ayuda estaremos aquí para intervenir en cualquier momento —añadió Ariadna mientras mi padre no decía una palabra y seguía con sus tareas.

—Papá —giró la cabeza—, ¿no tienes nada que aportar? Me vendría bien alguno de tus consejos.

Mi padre dejó lo que estaba haciendo y se giró para ponerse frente a mí.

—Cariño, si Piero no se da cuenta de lo que pasa, será porque no quiere darse cuenta, ¿no crees?

—No —contesté rápido—. Esa arpía lo tiene atrapado, lo ha manipulado hasta el punto de separarlo de toda la gente que le quiere y él no se da cuenta. —Miré a Ariadna que, a su vez, miraba a mi padre perpleja.

—Tiendo a pensar que las personas son lo bastante inteligentes como para darse cuenta de cosas así y también creo que, aunque tú intentes convencerle de lo contrario, irá a su casa y seguirá con una relación que le mantiene en la situación que él desea.

Las palabras de mi padre, que nunca había dado su opinión antes, eran sabias, como siempre, pero me negaba a pensar que Piero fuera consciente de la relación que tenía. Se había conformado con las migajas que aquella mujer le proporcionaba con tal de olvidar que yo solo le quería como amigo y que ahora su familia y su vida habían cambiado para siempre. Al menos, esa relación le hacía olvidar lo solo que se sentía. Una soledad que él mismo se había creado aislándose de los que más le querían. Ella solo había aprovechado la situación para atraparlo y manipularlo a su antojo y ahora ya estaba demasiado metido en el pozo como para salir por sí mismo. Esa era mi teoría. Era yo, ahora, la que debía lanzarle una cuerda para que pudiera trepar por aquel pozo estrecho que le estaba ahogando y arruinando la vida.

—Verás, papá, pienso que Piero está cegado por un espejismo y cuando vaya a darse cuenta de que está cometiendo el mayor error de su vida, me temo que será demasiado tarde.

—Te entiendo y sabiendo cómo eres, no me extraña que quieras salvarlo. —Mi padre acarició mi mejilla y colocó los platos sobre la mesa—. Y ahora, a desayunar —anunció con una sonrisa.

Nos sentamos a la mesa y no volvimos a hablar más del tema. Sabía que mi padre no era partidario de mis métodos, pero no iba a inmiscuirse a no ser que yo le pidiera ayuda. Al menos, sabía que me apoyaban y Ariadna me daría alguno de sus consejos antes de que llegara el momento. Ese momento que cada vez se veía más cercano.

Me acerqué al pueblo dando una vuelta y tomé un capuchino en mi cafetería favorita recordando el día que conocí a Piero y lo mucho que había pasado desde entonces. Me di cuenta de que necesitaba recuperar la amistad del que fue mi mejor amigo hacía un tiempo atrás. Recordé lo mucho que conectamos el día que nos conocimos y los demás días que estuvimos juntos. Vino a mi mente nuestro viaje a Florencia y el momento en el que tuve la suerte de conocer a su adorable familia. Ahora, su madre estaba pasándolo verdaderamente mal y también, mis esfuerzos por solucionar esto, en parte, eran por ella. Me había acogido sin conocerme y había abierto las puertas de su casa confiando en su hijo como hacía siempre.

Me acerqué a casa de Piero, aunque sabía que no lo encontraría. Seguro que a esas horas estaría ya en el instituto. Paseé durante un rato y, de vuelta, decidí pasar por el pueblo de al lado para visitar aquel bonito paraje del que mi padre me había hablado. Un pueblo pequeño, con un casco antiguo maravilloso, digno de una tranquila visita turística. Al llegar, me di cuenta de que era cierto, aquel pueblo me entusiasmó nada más verlo. Me pareció tan misterioso como adorable. Se respiraba el aroma de la cocina de las casas que mantenían sus ventanas abiertas. El orégano se esparcía por el aire igual que el romero. Paré a respirar profundo, cerré los ojos y, cuando los abrí, ante mi sorpresa, vi a la novia de Piero saliendo de un establecimiento. Me escondí para no ser descubierta detrás de una columna de un antiguo edificio y seguí observando cómo se perdía por el camino a toda prisa. Cuando la perdí de vista, salí de mi escondite y me acerqué a lo que parecía una farmacia muy pequeña. Entré y miré a mi alrededor. La dependienta me dio los buenos días y me preguntó si quería algo. Le respondí que no y salí. ¿Qué hacía ella allí a esas horas? Se supone que debería estar en el instituto, igual que Piero, y no en el pueblo de al lado del suyo, comprando en una farmacia. ¿Acaso no había farmacias en San Gimignano? ¿Por qué habría venido justo a esta a comprar? Negué con la cabeza. Ya estaba volviendo a hacerlo. Teorías conspiratorias sin sentido. Di media vuelta y, pensando en la posibilidad de ir a ver a Piero aprovechando que estaba solo, me encaminé de nuevo a San Gimignano. Llegué a la plaza y me dirigí al instituto, pero, antes de llegar a la puerta, vi cómo ella se adentraba por una pequeña puerta. Imposible, ya no podría entrar. Ella ya estaba custodiando a su amado.

Me quedé unos instantes pensando y volví hasta la casa de mi padre sopesando si la visita de la novia de Piero a la farmacia no sería por la posibilidad de que fueran a ser... La sola idea de pensar en ello me erizó los vellos de todo el cuerpo. ¿Piero padre del hijo de aquella víbora? No podía ser, debía ser por otra cosa. Por favor, que fuera por otro motivo, rogué. Me negaba a pensar que aquello pudiera suceder porque, si lo que imaginaba era cierto, la cosa cambiaba y mucho. Tendría que dejar que las cosas siguieran su curso y ver cómo la vida de Piero acababa por hundirse hasta desaparecer. Mi corazón comenzó a latir más fuerte y el aire no llegaba a entrar lo suficiente en mis pulmones. Intenté tranquilizarme, pero estaba hiperventilando y me resultaba imposible. La idea de aquella nueva hipótesis me descolocó por completo. La cosa cambiaba si aquel pensamiento se convertía en una realidad. Una realidad que pintaba realmente mal.

LA CONVERSACIÓN

Después de comer, esperamos la llegada de Piero ansiosos. Tanto mi padre como Ariadna me habían pedido que lo dejara hablar a él primero, yo expusiera mi argumento más tarde y que, tras nuestra conversación, tomara la determinación que tomara, la respetara y dejara que siguiera su camino. Si se equivocaba daba igual, era su vida y tenía que verlo con sus propios ojos. Ya se daría cuenta en algún momento o no, pero eso ya no sería problema mío.

Tomamos el café en el porche, como siempre. Miraba el reloj en demasiadas ocasiones, sin embargo, no servía de mucho porque no quedamos a ninguna hora en concreto. Solo habíamos quedado en vernos después de comer. Podría aparecer a las tres, como a las seis o incluso acabar no viniendo. Solo me quedaba esperar y rezar para que cumpliese su palabra y se presentase.

Escuchamos cómo entraba un coche por el camino. Miré en dirección a la entrada, hasta que, por fin, lo vi aparecer. Un escalofrío me recorrió de arriba a abajo. Los nervios se instalaron en mi vientre. Era Piero. Había conseguido escabullirse y venir a verme. Aún quedaba en su interior la esencia de ese adorable chico que había conocido y aún le importaba un poquito nuestra relación.

Bajó del coche y se acercó hasta donde estábamos sentados. Me levanté y le sonreí, intentando crear un ambiente lo más distendido posible. Tenía ganas de verlo por fin a solas y con tiempo para hablar. Mi padre y Ariadna se levantaron para saludarlo y después fuimos dentro de la casa para estar a solas.

—Gracias por venir, Piero.

—He estado a punto de no hacerlo —dijo con frialdad—. No hay nada que puedas decir que me haga cambiar de opinión, la quiero.

—¿Quieres un café? —pregunté para intentar entrar de otro modo en la conversación.

Piero estaba tenso y yo podía notar esa tensión llegar a mí como un remolino. Estaba ya predispuesto a que lo que fuera a decirle no cambiaría ni un ápice su vida.

—Está bien, pero no voy a quedarme mucho, Iris, sabes lo que pienso y no voy a cambiar de idea.

—¿Sabes lo preocupada que está tu familia con tu lejanía? —Lo miré a los ojos esperando una reacción del que una vez fue la persona más adorable que había conocido—. Hace meses que no vas a verlos.

—Mi familia está en contra de mi relación y ya soy mayorcito para escoger el camino que quiero. —Puse los cafés y me senté a su lado—. Si no están de acuerdo con la persona que he elegido, si no la quieren... Entonces tampoco me quieren a mí.

—¿Pero tú te estás escuchando? —pregunté sorprendida. No podía creer que Piero pensara eso de sus padres. Sí que le habían hecho un buen lavado de cerebro—. ¿¡Cómo puedes pensar que tus padres no te quieren!? —Empezaba a alterarme más de lo deseado. Respiré—. Tu madre te adora. Solo quieren lo mejor para ti y está claro que Greta no lo es.

—Lo ves —dijo levantándose—. Tú eres como ellos. No sé qué coño hago aquí.

—Claro que soy como ellos. —Me levanté y me puse a su altura—. Te quiero igual que lo hacen ellos y no quiero ver cómo tiras tu vida a la basura por una persona que no te quiere. —Puse mi mano en su hombro y lo invité a sentarse de nuevo—. Piero, cariño, ¿no ves lo que te está haciendo? Intenta arruinarte la vida y la de los que te rodeamos. No podemos verlo y quedarnos sin hacer nada.

Su mirada estaba perdida entre mis palabras y sus ojos miraban a un horizonte inexistente. Parecía recapacitar.

—Déjalo, Iris —negó con la cabeza—, la quiero y si no sabéis aceptar eso, entonces no quiero escuchar nada más.

—No puedo hacer nada más. —Se me hizo un nudo en el estómago al escuchar mis propias palabras. Mi misión había terminado y debía dejar que siguiera su camino sin más intromisiones por mi parte—. Si es lo que quieres, adelante. Ya te darás cuenta, espero que más pronto que tarde, de lo que te estoy diciendo. Ah, y otra cosa, esta mañana paseando por el pueblo de al lado he visto a tu novia —hice las comillas con los dedos— saliendo de una farmacia, solo espero que no estéis embarazados, porque eso sería…

—¿De una farmacia? —preguntó extrañado. Afirmé con la cabeza. Parecía confundido—. Esta mañana hemos estado reunidos todo el tiempo —desvió la mirada. Sin duda estaba pensando y repasando los acontecimientos en su cabeza—. Salió un momento a… —dijo en voz alta—. Bueno, me marcho, Iris. Gracias por preocuparte tanto por mí, pero estoy bien.

Se escuchó un coche entrar en la propiedad y unos gritos a lo lejos. Piero se levantó como un resorte y puso los ojos como platos.

—¡Mierda! —gritó y salió disparado hacia el exterior.

Lo seguí asustada por los alaridos que escuchaba y, al salir, me di cuenta de que ella estaba gritándoles a mi padre y a Ariadna, preguntándoles dónde estaba Piero en una actitud, digamos poco amistosa.

—Deja de gritar de una vez, estoy aquí —dijo Piero cuando la alcanzó.

—¿Qué haces aquí y… con ella…? —le recriminó con una mirada inquisidora.

—Teníamos que hablar y ya lo hemos hecho, vámonos —apremió él.

Miré a Ariadna cuando vi que mi padre la abrazaba por los hombros y le decía algo que no pude llegar a escuchar. Ella miraba a la novia de Piero sin descanso como intentando encontrar algo dentro de ella.

—La próxima ya no te aviso. —La novia de Piero se había acercado a mí, estaba demasiado cerca—. Acabaré contigo sin piedad alguna.

—¿En serio? —La miré desafiante—. A ver si dejas que Piero haga algo por sí mismo. Parece que estuviera bajo un embrujo o algo parecido...

Su cara cambió por completo. Algo de lo que había dicho le había calado hondo. Esperaba que tuviera algún efecto después de todo, aunque no tuviera mucha fe en ello.

Piero la agarró por el brazo y ella le siguió con los ojos ensangrentados y el rostro más pálido que de costumbre.

Me volví a Ariadna cuando recuperé el aliento y me acerqué para averiguar si todo iba bien. La cara de mi padre era de auténtica preocupación. Las cosas no habían salido como esperaba de nuevo, pero había que poner el punto y final a algo que no tenía solución. No había conseguido convencer a Piero de nada y, tampoco lo pretendía, prefería que se diera cuenta de lo que mis palabras querían transmitirle y tomara su decisión.

—Ariadna ¿estás bien?

—Sí, sí, estoy bien. Es solo que... —Mi padre la invitó a sentarse de nuevo en el porche—. Esa chica es lo peor, pobre Piero.

—Lo sé —respondí—. Tiene un gran problema y sigue sin darse cuenta a pesar de que lo ha separado de todo su entorno.

—Cuando una persona está envuelta en ese tipo de cosas, no suele salir muy favorecido al final —admitió Ariadna—.

Solo espero equivocarme porque Piero es una buena persona y no se merece lo que le está pasando.

—Ahora yo ya no tengo nada más que hacer al respecto —pensé en Julián y en mi trabajo—. Debo volver, Violeta me necesita y también mamá.

Mi padre se acercó y me abrazó. Sabía el trabajo que me había costado mantenerme lejos de Julián y también de mi madre que había pasado por una mala racha. Menos mal que Andrea la había estado animando, aunque apenas tiene tiempo de nada, la pobre con su futuro restaurante, el bebé y el resto de responsabilidades. Pasado un tiempo, todo volvería a la normalidad, excepto Piero, claro.

No me quedaba nada aquí que pudiera hacer ya, con lo que decidí que volver era lo más apropiado para todos. Mi padre y Ariadna también necesitaban de su espacio y su intimidad. Antes de volver, pasaría a despedirme de Estela y le contaría todo lo acontecido durante estas semanas. Mejor en persona.

Aquella tarde anocheció antes de lo que hubiera deseado. Los días cada vez eran más cortos y me sentía más triste que de costumbre. Abrí mi ordenador y miré los vuelos para volver a España. Lo compré. En dos días estaría de vuelta en mi casa y sola, con mis plantas y mi apreciado jardín, intentando recuperar mi vida después de unas desastrosas vacaciones.

Mi padre y Ariadna habían entrado para preparar la cena y yo aún seguía en el porche dando un repaso a todo lo que había acontecido aquella tarde. El cielo estaba negro y cubierto de estrellas y pensé en llamar a Julián para saber si ya había recapacitado y estaba más calmado. Opté por no llamarle, estaba cansada de escuchar el eco de los pitidos sin respuesta. En su lugar, llamé a Violeta.

—Hola, Iris —contestó al segundo tono—. ¿Qué tal va todo por ahí?

—Hola, Violeta—suspiré—. Vuelvo en dos días.

—¿Has conseguido hablar con Piero?

—Sí, y no sabes la que se ha montado —comencé—. La arpía de su novia ha aparecido antes de que Piero y yo acabáramos de hablar, aunque, si lo pienso, no teníamos mucho de lo que seguir discutiendo. Él está convencido de que si su familia no acepta la relación es porque no le quieren y sus sentimientos no importan. Está cegado en ella.

—Está mal y ha buscado cobijo en alguien. Ella ha sabido jugar sus cartas y punto. Deja que haga su vida y ya se dará cuenta de lo que tiene en algún momento. —Sus palabras no hacían más que confirmar lo obvio y tenía razón. Y no solo ella, sino todos los que antes ya me dijeron lo mismo, como por ejemplo mi padre.

Me despedí de Violeta y entré en casa para sumarme a la cena. En dos días estaría en España y echaría mucho de menos a mi familia medio italiana.

Cuando entré, ellos ya estaban sentados esperándome. Andrea servía los platos y mi padre la miraba extrañado.

—Iris, toma tu ensalada —dijo ofreciéndola, pero sin mirarme. Su mirada estaba perdida desde el momento en que la novia de Piero había hecho su aparición. ¿Qué demonios le pasaba?

—Cariño —mi padre le cogió la mano—, ¿seguro que estás bien?

—Sí, lo estoy. —Comió un bocado de aquella deliciosa ensalada.

La observaba, al igual que mi padre, intentando saber qué pasaba por su mente.

Nos terminamos la ensalada en silencio y antes de que recogiéramos los platos, Ariadna se levantó de golpe y levantó la voz.

—¡Ya sé de qué la conozco!

—¿A quién, cariño? —preguntó mi padre que se había levantado también del susto.

—A la novia de Piero —afirmó con rotundidad—. Es esa que salió en la tele... —Se esforzó por recordar—. ¿Te acuerdas de aquella mujer, esposa de un italiano, que se quedó viuda y la policía llegó a sospechar que ella había sido quien había acabado con su vida, pero que nunca pudieron demostrarlo? —preguntó a mi padre y después me miró a mí.

—Ariadna —me levanté al escucharla—, ¿qué estás diciendo? —Escalofríos me recorrieron al pensar que aquella mujer pudiera ser tan peligrosa.

—Iris —se acercó a mí—, esa mujer es peligrosa. —Justo lo que no quería que me confirmara—. Piero no está seguro a su lado y debemos hacer algo con urgencia.

—No puedo creer lo que estás diciendo. —O prefería no creerlo—. Si la creyeran sospechosa la hubieran detenido, ¿no?

—Las pruebas no concluyeron que lo fuera, pero todo indicaba que ella había orquestado todo para que aquel chico se suicidara. Encontraron una droga en sangre. Ella alegó en el juicio que estaba tomando una medicación por la depresión tan fuerte que sufría.

—Entonces quizá fuera verdad que se suicidara —añadí mientras por mi mente pasaban demasiadas cosas que me preocupaban.

—Su familia no creyó que estuviera depresivo, lo conocían a pesar de que hiciera meses que no lo veían. —Me agarró la mano—. ¿Acaso no lo ves? Está actuando igual ahora.

—Joder, Ariadna —respiré hondo. Necesitaba un minuto para procesar toda aquella información—, lo que me estás diciendo suena demasiado…

—Iris —mi padre se puso entre nosotras—, pensé que no llegaría a decir esto, pero, tenemos que ayudar a Piero.

Miré a mi padre y a Ariadna y comprendí que aquello era muy serio. Piero estaba en verdadero peligro si seguía con ella. La pregunta más importante que todos podíamos hacernos era: ¿Cómo podíamos nosotros ayudar a un Piero que ni quería ayuda ni se dejaba ayudar?

—Papá, ya has visto que no se deja ayudar y que es tozudo hasta decir basta —dije derrotada—. No sé qué podríamos hacer para hacerle ver la realidad.

—Ya pensaremos en algo —dijo Ariadna—. Ahora vamos a dormir. Mañana, con las ideas más claras, pensaremos en la estrategia.

Mi padre no dijo nada más, se limitó a bajar la cabeza y a negar repetidamente. Supuse que seguía sin estar de acuerdo con todo aquello, pero que, al ver la necesidad inminente de ayudar a Piero, pensaba que algo debíamos hacer.

Así como sugirió Ariadna, nos fuimos a la cama. Debía pensar en todo lo que me había dicho de aquel acontecimiento tan extraño y doloroso. No podía imaginar que algo así pudiera pasarle a Piero. Su familia, su madre… Violeta, la pequeña Estela… No quería pensar en eso, me moría por dentro de la pena. Estaba claro que había que trazar una estrategia adecuada para poder ir hasta ella sin que sospechara de nuestras intenciones, que ni yo misma sabía cuáles eran. Una responsabilidad muy grande yacía sobre nosotros en este momento tan crucial de la vida de todos.

DIME QUÉ HACER

Aquella mañana desperté y parecía que me había pasado un camión por encima. Apenas había podido dormir pensando en cómo sacar a Piero de aquel infierno, destapando a aquella arpía y dejando que viera la realidad que tenía a su lado. Estaba seca de ideas. No se me ocurría cómo hacerlo.

Miré el reloj. Las siete. Aún era pronto para hablar con Violeta de todo lo acontecido. Ella también debía saber el peligro que rodeaba a su hermano, al igual que Julián, tenía claro que iba a decírselo, aunque no me cogiera el teléfono.

Me di una ducha para intentar despejarme. Estaba aturdida y no podía pensar con claridad. Las pesadillas aquella noche se habían ido sucediendo cada vez que lograba cerrar los ojos y dormir un poco. Me sentía cansada y más preocupada que nunca.

Bajé a tomarme un café. Aún no había nadie despierto. Me senté mirando hacia el jardín y eché de menos las plantas y las flores del mío. En aquella estación del año estaban tristes y alicaídas como yo. Salí al porche y noté la brisa fresca que regala el otoño por las mañanas. Respiré profundo y salí hasta el jardín. Necesitaba perderme entre las flores y sentir a las plantas sobre mi piel. Me senté entre las lavandas y acaricié sus hojas entre mis dedos. Respiré su aroma y me llené de aquella energía que tanto necesitaba y que solo ellas sabían darme. De repente, se me ocurrió que, antes de saber qué hacer, debía buscar información acerca de aquel suceso que nos había contado Ariadna. Me levanté y entré en la casa. Abrí mi ordenador y me serví otro café. Necesitaba estar espabilada y bien despierta. Abrí el buscador y comencé a navegar intentando descubrir algo que nos pusiera las cosas más fáciles. Encontré la noticia por fin. Hacía unos años, un hombre se había suicidado con pastillas, al parecer, y la viuda estaba desolada. No encontré una foto de ella en aquella noticia, pero seguí buscando, necesitaba ver su cara. Debía poder demostrarle a Piero quién era ella en realidad. Abrí otra noticia y apareció una foto poco nítida de ella. No se apreciaban bien las facciones de la cara y no pude reconocerla. Seguí buscando hasta que, por fin, una imagen decente. La amplié. Observé bien sus ojos, la forma de su cara, la boca. El pelo lo llevaba de otro color y los ojos no eran tampoco iguales. Tenía mis dudas, desde luego, pero se parecía tanto…

—¡Es ella! —Una voz sonó a mi espalda—. ¿Lo ves? —preguntó Ariadna a mi padre que se acercaba por detrás a mirar la pantalla.

Casi muero del susto. Me había llegado a concentrar tanto que no había escuchado sus pasos al acercarse.

—No estoy seguro. —Afinó la vista concentrándose en la foto, pero no lo tenía claro.

Lo cierto era que aquella persona había cambiado mucho desde aquella foto. Su peso tampoco era el mismo. En aquella imagen se la veía con unos kilos más de los que tenía ahora y las facciones de la cara eran tan distintas... Se parecía, sí, pero no era seguro que fuera la misma persona. Todos miramos la foto durante un buen rato en silencio. No podíamos confirmarlo.

—Voy a imprimirla. Necesito estar segura al cien por cien antes de señalar a nadie como una...—Incluso me costaba trabajo pronunciar aquella palabra.

—No adelantemos, Iris. —Mi padre tan sabio como siempre—. Vamos a desayunar, pareces cansada.

Asentí a ambas cosas y los seguí hasta la cocina. Los pensamientos se abalanzaban uno tras otro sin descanso mientras intentaba ordenar todo en mi cabeza. La foto no era del todo clara. Quizá debiera seguir buscando antes de tomar decisiones y acusar a alguien de algo tan grave. Además, en la noticia que había leído, la policía determinó que había sido un suicidio, por tanto, no iba a ser yo quien dijera lo contrario.

Terminamos el desayuno y salí al porche con aquella foto. Me senté y la observé con más detenimiento. Nada. Seguía sin tener nada claro. Chasqueé la lengua.

Abrí la pantalla de mi móvil y llamé a Violeta. A esas horas estaría ya en la tienda seguro.

—Hola, florecilla. ¿Qué novedades me traes hoy? —Pues sí que estaba contenta.

—Estás más contenta de lo habitual, ¿ha pasado algo que no me hayas contado?

—He hablado con Estela y está encantada con la idea de conocer a su padre —lo soltó y cogió aire—. Estoy emocionada y feliz de que, por fin, Estela tenga a su lado a sus dos progenitores.

—Qué bien, Violeta. Eso es maravilloso. —Un halo de emoción se instaló dentro de mí. Por fin una buena sensación, una buena noticia—. Estoy feliz por vosotras.

—Óscar se está portando de maravilla —dijo con una voz muy suave—. Está demostrando que nos quiere de verdad.

—¿Nos quiere? —pregunté a pesar de que ya sabía la respuesta.

—Sí, nos quiere —afirmó—. Creo que voy a darle la oportunidad que merece. Es lo que quiero hacer y, aunque mi hermano es reacio a creer que las personas puedan cambiar, voy a dársela.

—¿Has visto a tu hermano? ¿Te ha dicho algo de lo nuestro? —Tenía la esperanza de que Julián pensara en la decisión que había tomado y cambiara de opinión.

—Sí, y si te soy sincera, no creo que cambie en lo que se refiere a lo vuestro. —Aquellas palabras se clavaron con un golpe seco en el centro de mi corazón—. Es tan cabezota...

—Tengo que contarte algo muy importante, Violeta. —Necesitaba cambiar de tema lo antes posible. No quería sentir cómo me desgarraba por dentro.

—Dispara.

—Es Piero —escuché cómo resoplaba—, le convencí para que viniera a hablar conmigo, a casa de mi padre, a solas, para que nadie —remarqué bien ese «nadie», ambas sabíamos a quién me refería— nos molestase. No solo fue en vano mi conversación, sino que ella apareció al poco como una loca, chillando a mi padre y a Ariadna. Piero intentó tranquilizarla, pero estaba como loca amenazándome de muerte si seguía con la intención de separarles. —Hice una pausa, ahora venía lo más interesante y doloroso—. Cuando ya se habían ido, Ariadna nos contó que aquella mujer le sonaba mucho de algo y no paró hasta que consiguió saber de qué le sonaba tanto.

—Y ahora es cuando me dices que es una asesina a sueldo —soltó Violeta intentando quitar drama al asunto. No dije nada y un silencio me puso los vellos de punta —. Iris, no me jodas —añadió.

—No estamos seguros de nada. Hemos buscado la noticia de la muerte de un chico e impreso una imagen, pero no conseguimos confirmar que sea ella la misma de la foto. —Violeta mascullaba palabras que no entendía —. Violeta, ¿me estás escuchando?

—Joder, claro que te estoy escuchando, es solo que... Si estáis en lo cierto, mi hermano podría estar en grave peligro. —Su respiración se volvió más rápida—. Tenemos que hacer algo, voy para allá enseguida. Miraré el primer vuelo y...

—Violeta —la interrumpí—. Ya estoy yo aquí, no hace falta que vengas —intenté tranquilizarla—. Además, tienes que hacerte cargo de las tiendas y de Estela y ahora también de Óscar. Déjame que arregle yo esto, por favor.

—No hace falta que te sigas sintiendo culpable por lo que pasó, Iris. —Aunque me lo repitiera una y otra vez, yo no lo sentía así—. Te enamoraste de Julián, ¿qué culpa tiene el corazón de elegir por sí mismo?

—De todos modos, no hace falta que vengas —insistí—. Mi padre y Ariadna me ayudarán con esto.

—¿Mi madre lo sabe?—preguntó preocupada.

—No se lo he dicho —afirmé—. Tampoco ella puede hacer mucho y para qué preocuparla sin necesidad. Tampoco sé a ciencia cierta si ella es quien creemos que es.

—Está bien, Iris. Arregla esto y vente pronto, por favor. Y, sobre todo, intenta que no te pase nada. —Su voz se rompió por un segundo.

—Tranquila. Estaré bien. No tienes que preocuparte. —Aunque no sabía si todo estaría bien y si debían preocuparse. Todo estaba aún confuso, pero si confirmábamos que era ella, la cosa se complicaba y tendríamos que preocuparnos todos y mucho.

—Quiero que me cuentes todas las novedades minuto a minuto. Sabes que no voy a estar tranquila, aquí sin hacer nada, ¿verdad?

—Lo sé, pero es lo mejor. Alguien tiene que mantener el negocio.

Había conseguido convencerla, pero estaba segura de que haría algo para ayudarme de alguna manera. Era tan cabezota como sus hermanos, aunque yo también tuviera lo mío...

Miré al horizonte y vi cómo las flores hondeaban al viento y el dulce aroma llegaba hasta mí. Me estaban llamando de nuevo. Me acerqué a tocar las ramas secas de las viñas y recordé cuando estaban repletas de frutos que ahora se habían convertido en delicioso vino. Mi padre había podido hacer negocio por fin con sus viñedos. Un par de restaurantes del pueblo le encargaban una buena cantidad de botellas cada año. Estaba feliz de poder dar a conocer su maravillosa creación de vino blanco, del que yo me agenciaba unas botellas para llevarme a España cada vez que venía.

Había comprado el vuelo de vuelta para salir al día siguiente, pero no iba a poder volver aún. Tenía que solucionar esto o me sentiría culpable toda la vida si pasaba algo.

Vi salir a mi padre de la casa acompañado de Ariadna. Se acercaron a mí con rapidez.

—Iris —me llamó ella—. Vamos a acercarnos a casa de una amiga. Ella sabe más acerca del tema que nos atañe. No tardaremos, tu padre me acompañará.

—Voy con vosotros. Necesito hacer algo. No puedo permanecer quieta durante más tiempo.

Mi padre miró a Ariadna y ella asintió. Nos metimos en el coche y conduje hasta la casa que Ariadna me indicó a unos pocos kilómetros de la nuestra. Vimos salir a una mujer mayor y saludar con la mano mientras aparcábamos casi en la entrada.

—Ariadna —aquella mujer la abrazó. Supuse que hacía tiempo que no se veían—, ya te echaba de menos. ¿Cuánto hace que no nos vemos?

—Demasiado —contestó Ariadna—. Desde que no quieres venir a yoga más o menos...

—Es que estoy muy cansada —admitió—, y mayor.

—No digas bobadas —dijo mi padre—. Estás igual de bien que siempre. Tienes que volver con nosotros a estirar esos músculos.

—Lo pensaré —añadió—. Pero venid, entrar, he preparado limonada.

Entramos después de que Ariadna hiciera las presentaciones y yo me llevara un buen achuchón de aquella entrañable mujer. Nos sentamos alrededor de una gran mesa de madera oscura y sirvió unos vasos de aquella deliciosa limonada recién hecha.

—A ver, Ariadna —introdujo Gabriella—, cuéntame más detenidamente lo que pasa.

Ariadna había llamado a Gabriella porque ella conocía a la madre de aquel chico que se había suicidado y que fue víctima de la supuesta sospechosa. Ella vivió de cerca el calvario que sus padres pasaron con la muerte de su hijo para que, después de tanto luchar, dieran carpetazo al asunto y lo archivaran. Había vivido unos años en el mismo pueblo de la familia de ellos y eran buenas amigas hasta que se distanciaron después de lo sucedido. Su madre se encerró en ella misma y nunca logró salir de su depresión. Gabriella nos contó lo que había sucedido y también la versión que los padres del chico tenían de lo que pensaban que había pasado en realidad. Todo bastante triste y delicado al mismo tiempo.

Ariadna le narró todo lo acontecido y Gabriella se echó las manos a la cabeza. Su preocupación se hizo latente en el momento en el que supo que podría volver a ser ella quién estuviera amenazando de nuevo a otra persona. Le mostré la foto y esperamos en silencio, mientras la miraba con atención.

—Me cuesta descifrar si es ella —dijo al fin—. Está bastante cambiada. Diría que ha perdido bastante peso y la forma de la cara es diferente. Con una foto es complicado. Si pudiera hablar con ella o al menos verla de cerca, casi podría confirmarlo, supongo.

—Eso es imposible —añadí al instante—. Apenas se deja ver y, cuando lo hace, increpa sin parar. Es insoportable.

—Pues, así a simple vista, diría que no es ella. —Aquella frase me tranquilizó y me inquietó a partes iguales. Si no era ella, me quedaba más tranquila, pero y si era... ¿Volvería a España y dejaría la situación tal cual sabiendo que Piero podría estar o no en peligro...? Era una situación bastante insoportable y no sabía bien cómo manejarla. Necesitaba a Julián y de su carácter analítico. Me vendría genial su opinión fría y distante.

Dejamos a Gabriella y volvimos a casa. No sin antes pasar por aquel pueblo de nuevo. Aquel en el que había visto a la novia de Piero entrar en aquella farmacia. Se lo había contado a mi padre y a Ariadna y querían pasar por allí a verlo. Quizá nos diera alguna pista. Aparcamos y caminamos hasta el centro. Dimos un paseo y nos sentamos en un café a descansar y a pensar en el paso siguiente. Mientras mi padre y Ariadna hablaban, yo no podía parar de mirar aquella farmacia. Me preguntaba qué estaría haciendo ella allí habiendo farmacias en San Gimignano. ¿Para qué desplazarse tan lejos? ¿Qué tendría que comprar que no pudieran saber los que la conocían en el pueblo? Y, lo más importante, ¿por qué Piero no sabía nada y pensaba que ese día estaba en el instituto también? Algo tenía que esconder y acabaría descubriéndolo algún día, estaba segura. La puerta de la farmacia se abrió y, para nuestra sorpresa, volvió a salir ella. Llamé a Ariadna y giraron la cara hacia la farmacia. Ellos también la estaban viendo, al igual que yo. Observamos cómo salía a toda prisa y se perdía calle abajo.

—Deberíamos entrar y pedir lo mismo que ha pedido ella —dije.

—Sí, claro —intervino mi padre—. Verá señorita, queremos comprar lo mismo que ha comprado la señora que acaba de salir corriendo hace cinco minutos… —la ironía se mascaba en el ambiente.

—No hace falta que hagamos eso, pero… —Ariadna se quedó pensativa mientras la mirábamos expectantes—. Yo podría entrar y decir que mi hija, con las prisas, se dejó la medicación en el mostrador después de pagar y que ahora venía yo a buscarla.

—¿Y si no es medicación lo que ha venido a comprar? —pregunté.

—¿Y qué otra cosa podría comprar que no lo fuera? ¿Para qué venir tan lejos de su casa a comprar otra cosa cualquiera que podría comprar más cerca? —preguntó Ariadna—. Aquí hay algo que huele muy mal. No quiero pensar que esté comprando la misma droga que encontraron en la sangre de aquel chico.

¡Mierda! Eso era justo lo que evitaba tanto pensar y ella lo había traído de nuevo a mi mente.

—Probaremos y si me equivoco pues salgo a toda prisa y punto —afirmó levantándose de golpe—. Enseguida vuelvo.

Se levantó y se encaminó con toda la seguridad que la caracterizaba camino de la farmacia. Abrió la puerta, se giró un segundo para mirarnos y entró sin pensarlo dos veces.

Mi padre y yo estábamos más nerviosos que de costumbre. Mientras yo no quitaba ojo de la puerta de la farmacia, mi padre se rascaba la nuca mirando el impoluto suelo de piedra.

La puerta se abrió a los diez minutos y Ariadna apareció andando en nuestra dirección con una pequeña bolsa en la mano. Nos hizo un gesto para que nos levantáramos y la siguiéramos y así lo hicimos. Llegamos a su lado justo antes de llegar al aparcamiento. Nos montamos en el coche y, una vez dentro, me acercó la bolsa para que pudiera ver lo que había en su interior. Me miró a los ojos y suspiró.

EFECTO B

—¿Qué es esto? —pregunté. Había una caja con pastillas que no sabía para qué podían servir.

—Aún no lo sabemos —dijo Ariadna—. Tendremos que investigar un poco y saber si esa es la droga que utilizó con aquel chico o simplemente es una medicación para ella o Piero.

Agarré mi teléfono móvil y puse en el buscador el nombre de aquel medicamento. Lo que encontré no me aclaró demasiado. Apenas entendía para qué servía realmente aquella medicina. Mi padre condujo hasta llegar a casa mientras yo seguía intentando saber para qué se usaría aquello.

—¿Cómo lo has conseguido? —pregunté a Ariadna.

—Muy fácil —sonrió—, aquella señora me dijo que no había ninguna bolsa olvidada, pero que con gusto me daría lo que necesitara sin gasto alguno. Con lo que aproveché para hacer que mi memoria fallaba y ella me ayudó a encontrar lo que estaba buscando —alzó las cejas—. Con lo cual... ¡Conseguido!

Mi padre la miró y sonrió mientras negaba con la cabeza.

Llegamos a casa y yo me quedé en el porche con la caja en la mano. Había pensado llamar a Violeta por si, de entre sus amistades, había algún farmacéutico o alguien relacionado con el mundo de la medicina.

Marqué su número y enseguida contestó.

—Dime, Iris, ¿has sabido algo nuevo? —Sonaba preocupada.

—Aún no —intervine—. Quería pedirte un favor, Violeta, algo muy importante.

—Lo que quieras —contestó.

—¿No tendrás en tu lista de contactos a alguien relacionado con la medicina? Digamos...

—¿Enfermero? —preguntó antes de que pudiera terminar la frase.

—Por ejemplo, sí. —Esta Violeta, tan rápida como siempre—. Necesito que le preguntes para qué sirve un determinado medicamento.

—Eso está hecho. Envíame una foto.

—Acabo de hacerlo. Pero, sobre todo, quiero saber si este medicamento tiene efectos como el de alguna droga o algo que pueda llegar a hacer daño a la larga. No sé... busco algo más allá...

—Por supuesto tendrás que explicarme antes para qué.

—Ya lo tenía en cuenta —suspiré—. Es el medicamento que compró la novia de Piero en una farmacia a las afueras de San Gimignano.

—¿Y? —preguntó veloz.

—Ya sé que parece una locura, pero quiero saber si está administrándoselo a Piero como una droga o si es un medicamento suyo, lo que sea para saber qué está tramando.

—Iris, tus teorías parecen de lo más locas —admitió—. ¿Crees que alguien podría hacer algo así?

—Sí, de hecho, hoy hemos estado con una señora que afirma que así fue con el hijo de una amiga suya aquí en Italia —comencé a relatarle—. La mujer, pareja del suicidado, parecía ser la sospechosa número uno.

—¿De un suicidio? —preguntó sorprendida.

—En teoría lo era. La policía nunca pudo demostrar que fuera otra cosa, pero la familia está empeñada en que aquella mujer hizo que su hijo muriera. De una forma u otra, ella tuvo la culpa de su muerte. —Hice una pausa. Respiré—. Llámame loca, pero me da que es la misma mujer y está utilizando la misma técnica con Piero.

—Me cuesta trabajo admitirlo, Iris.

—Lo sé, a mí también, pero debo hacer algo ya, antes de que pase lo peor.

Costaba trabajo pensar y asimilar que aquellas cosas pasaran. Era algo imposible e irreal para alguien como nosotros que ve las cosas quizá de una manera mucho más sencilla. Para la novia de Piero, las cosas no parecían precisamente fáciles, sino, más bien, una lucha continua de poder, una pelea con el mundo por tener todo lo que ella cree desear y que nadie después pueda arrebatárselo. Es más bien algo enfermizo que puede llevarte a cometer grandes estupideces e incluso... Tragué saliva. No podía seguir pensando aquello. Piero estaba en peligro y debíamos hacer algo con urgencia, pero qué. ¿Qué podría hacer para sacarle de aquel infierno? Él estaba empeñado en que aquella mujer lo amaba y él estaba cegado y quizá... ¿Drogado?

Entré en casa y fui directa a mi habitación. Tenía que pensar en cómo afrontar todo esto. Mi creatividad se había esfumado. Me tumbé en la cama mirando el techo y me quedé profundamente dormida hasta que mi móvil comenzó a sonar.

—¿Julián? —contesté asombrada.

—Violeta me ha contado lo que pasa. —Su tono serio me puso alerta—. No puede ser verdad lo que piensas.

—No estoy segura. Ya se lo dije a ella, pero debo ayudar a tu hermano, está en peligro. —Nuestra conversación era fría, distante.

—Debes volver ya y dejar que Piero haga su vida. —Parecía no entender nada de lo que pasaba.

—No voy a ninguna parte —anuncié—. No voy a dejar a Piero en esta situación. —Lo escuché resoplar.

—Ya, eso me temía. —Su voz sonó ahora más cálida y suave, como con resignación.

—Volveré cuando ya no quede en mi mano nada más que hacer, lo siento. —Sin duda no era la respuesta que deseaba, aunque sí la que esperaba.

—Como quieras.

No nos despedimos acabando la conversación con aquellas palabras. La sensación que me dejó esa llamada fue de angustia e impotencia. No me dio tiempo a preguntarle si aún tenía la absurda idea de que lo nuestro se había acabado, pero ahora, no quería más ruido dentro de mi cabeza. Ya era suficiente con lo que tenía.

Bajé hasta la cocina, me serví un café y salí de nuevo al porche a pedir inspiración a mis plantas y a mis flores.

Me senté a observarlas una vez más y me di cuenta de lo libres que eran. Se agitaban con la brisa suave y sonreían al poco sol que quedaba sobre el horizonte. Eran tan bellas...

Mi teléfono sonó de nuevo.

—Hola, Andrea —dije algo avergonzada. Hacía días que no hablábamos y no le había contado que mi vuelta se retrasaba.

—Iris, a estas alturas ya deberías estar de vuelta. ¿Va todo bien?

—Siento no haberte llamado antes para contártelo, pero las cosas se han complicado bastante por aquí.

—¿Qué ha pasado? —Su preocupación aumentó.

—Es Piero.

Y, comencé a narrarle toda la historia. Una historia que se complicaba cada vez más y de la que todavía no podía confirmar nada. Sabía lo que pasaba, pero no tenía forma de comprobarlo ni demostrarlo al cien por cien.

—¿Y Julián qué opina de todo esto? —preguntó Andrea.

—Al principio se quedó conmigo e intentó hacerme cambiar de idea —puse los ojos en blanco—, después se volvió a España y me dejó con el problema pensando que Piero era más importante para mí que él.

—Menuda tontería —intervino.

—A veces se comporta como un niño y, a ver, eso no es del todo malo, pero lo pasa mal sin motivos —aclaré la voz—. Ahora cuéntame cómo llevas el tema del restaurante.

Hablamos durante más de media hora y me contó que ya estaba casi listo para abrir al público. No iba a ser un restaurante cualquiera, por lo que me contaba, sería tan especial, que deslumbraría seguro. Después de hablar con Andrea, mi mente volvió al tema que me preocupaba. Me metí en mi habitación y saqué aquella caja de medicamentos del bolsillo. Encendí mi portátil y puse el nombre en el buscador. Aparecieron infinitas páginas que hablaban de los efectos de aquella medicina y también encontré varias de testimonios de personas que lo habían tomado voluntariamente y otras que no. Abrí una de las páginas que llamó mi atención y entonces leí cómo una chica había sufrido abusos por culpa de aquella medicina que alguien había echado en su copa. Me metí en la lectura de aquellas páginas sin darme cuenta de que era bastante tarde. Mi padre y Ariadna habían salido a cenar con unos amigos y yo no tenía ganas de bajar a prepararme nada. Me quedé tumbada y analicé todo lo que había leído. Estaba saturada de tanta información y debía procesarla para no volverme loca. La gente hablaba de efectos como estar muy relajado, sentirse en una nube, no saber qué está pasando, ausencias de memoria, sopor, etc., síntomas de personas que están en estado de sumisión y con las que se podría hacer cualquier cosa sin que ellas se dieran cuenta. No quería seguir leyendo, nada más porque mi mente comenzaba a sacar sus propias conclusiones y no eran nada alentadoras. Todo eso sería factible en el caso de Piero y demostraría entonces su cambio de actitud. ¿Le podía estar pasando algo así? Sí. Incluso parecía estar dándose cuenta de que algo no iba bien, pero después volvía a su estado de locura y quería estar con ella, claro, se sentía cómodo, tranquilo y feliz. ¿Serían estados provocados por aquel medicamento? Posiblemente, porque todo esto no tiene ninguna otra explicación. Aquella mujer era arisca, gritona, agresiva e insoportable. También sería lo que yo le provocaba, claro. Con Piero se mostraría dulce y perfecta...

De repente, Julián vino a mi memoria. Habíamos hablado y parecía que lo nuestro se estuviera apagando. Era insoportable no tenerle cerca y recibir el calor de sus abrazos. Cerré los ojos un instante y el sueño se apoderó de mí. Estaba agotada de tanto pensar y darle vueltas a todo aquel asunto. Intentaría ponerme en contacto de nuevo con Piero al día siguiente. Aquella fue mi última idea clara antes de que se me nublaran los pensamientos.

AUSENCIA

Se había hecho bastante tarde después del desayuno. Ya no me daba tiempo de ir a buscar a Piero al instituto, así que llamé para comentarle un poco lo que creía que estaba pasando. Él debía saber todo lo que habíamos descubierto, aunque no estuviera confirmado por completo. Debía saber todo lo que habíamos descubierto para añadir eso a su lista de contras.

Como era imposible localizarle en su móvil, llamé al instituto. Alguien se puso al teléfono.

—Buenos días —sonó la voz de una mujer.

—Buenos días —contesté—. ¿Podría hablar con Piero, por favor?

—Lo siento, el señor Piero no ha venido esta mañana. ¿Quiere que le deje algún recado de su parte?

—¿No ha ido? —pregunté contrariada—. ¿Podría hablar con su novia? —Sabía que no querría hablar conmigo, pero tenía que saber si ella estaba allí, así podría acercarme con tranquilidad a ver a Piero.

—No, tampoco ha venido. Por lo visto el señor Piero se encontraba indispuesto esta mañana y ella se ha quedado cuidándolo —me aclaró—. Disculpe, ¿quién me ha dicho que era?

Colgué rápido el teléfono. No tenía tiempo de seguir con aquella conversación. Debía salir corriendo a casa de Piero. Quizá ya fuese demasiado tarde y lo que encontraría no iba a gustarme en absoluto. Se me encogió el corazón solo con la ligera idea de que le hubiera podido pasar algo y no me hubiera dado tiempo a hacer nada.

Subí a mi habitación, cogí la chaqueta y salí hacia el pueblo.

Mi padre y Ariadna habían salido a una de sus sesiones semanales de yoga y estaba sola. Se habían llevado el coche con lo que tendría que darme prisa si quería llegar pronto. Anduve con paso rápido hasta llegar al pueblo. Paré en la plaza y respiré profundo hasta que recuperé un poco el aliento. Seguí hasta la casa de Piero. Miré la puerta y me llené de valor para llamar al timbre. Apreté fuerte varias veces, pero nadie respondió a mis llamadas. Di unos pasos hasta la acera y paseé dando vueltas sobre mí misma pensando en qué debía hacer. La puerta del edificio se abrió y alguien salió a la calle. Aproveché ese momento para colarme y subir hasta su piso. El corazón parecía que iba a salirse de mi pecho. Latía fuerte y rápido y unas gotas de sudor recorrieron mi frente. Estaba tan nerviosa que no era consciente de que me faltaba la respiración en algunos momentos. Llamé al timbre. No escuché pasos. Acerqué la oreja, pero no se escuchaba nada, parecía que allí no había nadie. Llamé de nuevo, esta vez más fuerte. ¡Mierda! He llegado tarde. Volví a llamar, pero cuando puse una mano en la puerta, esta se abrió muy lentamente.

—¿Piero? —Abrí la puerta y le vi andando a paso muy lento hasta el sofá—. Piero, ¿estás bien?

No contestaba. Seguía dirección al sofá a un paso tan ralentizado que me dio tiempo a ponerme delante de él y volver a preguntarle, pero, cuando le miré a la cara, me sorprendió lo que vi.

—Piero —frenó en seco. Le cogí la cara e hice que me mirara a los ojos—, ¿qué te pasa? ¿Qué te ha hecho?

—Solo estoy cansado —balbuceó—. Ayúdame a llegar al sofá.

Pasé su brazo sobre mi hombro y lo acompañé al sofá antes de que pudiera caerse y yo detrás. Se tumbó y cerró los ojos. No seguí hablándole porque parecía haber caído en un sueño profundo nada más tocar el asiento. Recorrí con mi mirada aquel piso y vi, sobre la mesa de la cocina, un vaso vacío y una botella medio llena de un líquido naranja. Parecía zumo. Me acerqué y olí el contenido de la botella. Efectivamente, era zumo de naranja. Miré a Piero que aún dormía. Me pregunté dónde estaría ella. Había dejado a Piero solo en aquel estado y yo no podía hacer nada. Entonces pensé en la droga que había comprado en la farmacia. Cogí la botella y la metí en bolso. Le di un beso en la frente a Piero y lo tapé con la manta que tenía al lado. No pude evitar que una lágrima se deslizara por mi mejilla al ver aquella escena. ¿Qué necesidad había de pasar por todo aquello? Sequé mi mejilla húmeda y salí del apartamento lo más rápido que me permitieron mis piernas. Ella no tardaría en volver. Lo que no entendía era que hubiera dejado la puerta abierta. Quizá no era tan lista como aparentaba y también tenía sus fallos. O tal vez era una trampa… Ya daba lo mismo, creía tener en mi poder una prueba que podría demostrar que estábamos en lo cierto, que nuestras sospechas eran reales. Llegué a la calle y corrí hasta salir del pueblo sin mirar atrás. Solo quería desaparecer de allí lo antes posible. Ya pensaría más tarde en cómo analizar aquel líquido. No quería ser vista y supuse que ella no debía andar muy lejos y no tardaría en volver al lado del inconsciente de Piero. Me apresuré hasta llegar a casa. Me senté en la mesa de la cocina y saqué la botella de aquel líquido naranja. La miré y pensé en cómo podría hacer para que me analizaran el contenido. Necesitaba saber si allí se encontraban restos de aquel medicamento. Era de vital importancia y urgente, apremiaba el tiempo más que nunca.

Escuché unos pasos y me asusté. Estaba demasiado sensible. Me levanté de un salto y vi que mi padre y Ariadna entraban en casa. Suspiré hondo y volví a sentarme, desplomada. Se acercaron hasta donde yo estaba y me preguntaron si estaba bien. Afirmé, pero supuse que mi cara no reflejaba para nada mis palabras.

—¿Ha pasado algo? —Mi padre se acercó rápido y me miró a los ojos.

—Sí, sentaos, tenemos que hablar.

Les conté lo que había encontrado en casa de Piero y lo que había traído para analizar. Ellos se miraron y una luz de esperanza voló sobre nosotros.

—Tenemos un amigo químico —añadió mi padre—. Hace años que se jubiló, pero seguro que podemos hacer que analice esto.

—¿Seguro? —pregunté ansiosa—. Lo necesitamos pronto. No sabemos cuánto tiempo lleva haciendo esto con Piero y si las consecuencias pudieran ser irreversibles. —No podía pensar en otra cosa que en él y en lo mucho que lo quería.

—Le llamaré ahora mismo. —Mi padre se levantó y fue a hablar fuera de la casa.

—Iris —Ariadna me cogió la mano—, lo vamos a conseguir. Vamos a descubrirla y todo volverá a ser como antes.

—Eso espero. Estoy muy preocupada por si no nos da tiempo…

Mi padre entró con el teléfono aún en la mano.

—Coge esa botella y vámonos.

Nos levantamos y salimos detrás de él. Nos montamos todos en el coche y salimos camino hacia el pueblo donde vivía aquel señor. El amigo de mi padre había trabajado hacía unos años como químico en una importante empresa de productos comestibles y nos había ofrecido su ayuda sin dudarlo. Mi padre le había contado lo sucedido y él había propuesto tirar de contactos para poder hacer el análisis de aquel líquido.

Llegamos a su apartamento en un edificio del centro de un pueblo que aún no había visto. Un pueblo precioso ubicado al norte de la Toscana.

Cuando nos vio, fue directo a abrazar a mi padre.

—No podemos estar tanto tiempo sin vernos...—dijo Tomás.

—Desde luego —contestó mi padre respondiendo al abrazo.

Se volvió e hizo las presentaciones.

—¿Qué tenéis para mí? —No le importó ir directamente al grano, cosa que agradecí. El tiempo corría y los peligros acechaban más que nunca.

—Esta botella —dije sacándola del bolso—. Tenemos sospechas de que podría contener alguna droga y queremos saber cuál es y para qué sirve.

—Está bien —dijo cogiéndola—. Aunque esto tardará unos días.

—Tiempo es lo que no tenemos —añadió mi padre—. Intenta que sea lo más rápido posible. —Las palabras sonaron como un ruego.

—Lo intentaré, descuida.

Nos invitó a tomar café y después de recordar algunas peripecias de jovencitos que hicieron que sacáramos por fin una sonrisa, volvimos a casa. Ellos entraron y yo me quedé un rato en el porche pensando en todo lo que estaba pasando. Parecía demasiado surrealista para ser cierto, pero allí estábamos, intentando rescatar a un Piero que, inconscientemente, no sabía nada de lo que estaba pasando a su alrededor.

Pensé por un momento en su madre, en su padre y en lo preocupados que debían estar ante esta situación tan anómala. Tampoco sabían qué hacer. Si su hijo había decidido que quería estar apartado de ellos, no tenían más armas que intentar llamarle cada día para que él no les cogiera el teléfono. Se me encogió el estómago al pensar cómo debía estar aquella familia.

Llamé a Violeta.

—Hola, bella —respondió tan positiva como siempre.

—Hola, Violeta. ¿Cómo llevas todo por allí? —Hacía ya unas semanas que las dos tiendas estaban a su cargo y me sentía muy mal por ello.

—Ya te he dicho que bien, no hace falta que te sientas mal por no estar aquí. —Me conocía tan bien que no hacía falta que le dijera cómo me sentía—. Tienes una misión muy importante que hacer allí y, hasta que no la des por finalizada, no quiero que vuelvas aquí, ¿entendido?

—De acuerdo —afirmé con mal sabor de boca.

—Y, ahora, cuéntame las novedades.

—He vuelto a ver a Piero —introduje—. He estado en su apartamento y se encontraba en un estado lamentable. —Volvió a encogerse mi estómago—. Todo esto es tan…

—Iris, tienes que seguir siendo fuerte. Lo que está pasando es… —Un silencio revoloteó sobre nosotras—. Es que no tiene nombre. Estoy tranquila porque tú estás ahí y vas a hacer todo lo posible porque se solucione.

—Lo intento, Violeta, pero también está Julián y mi madre…

—No te preocupes por ellos ahora. —Intentó tranquilizarme—. Tu madre está bien. Fui a verlos esta semana y siguen igual que siempre, además, creo que están planeando algún viaje…

—¿Y Julián? —pregunté, aunque no quería escuchar la respuesta.

—Ya sabes… Julián sigue en su línea —corroboró lo que pensaba—. Todo esto le sobrepasa. Ya sabes que le cuesta estar sin ti.

—Y a mí también —aseguré—. Cada día que pasa, le echo más y más de menos, pero alguien tiene que hacerse cargo de esto. Dios, Violeta, Piero está tan perdido…

Hablamos durante mucho tiempo. Necesitaba hablar con ella y sacar toda la frustración que me carcomía por dentro. En ocasiones dudaba de si lo que estaba haciendo era lo correcto y en si no debería dejar todo como estaba y correr a recuperar mi vida. Era tan difícil decidir que dejé que las cosas fluyeran libremente como solía hacer casi todo el tiempo. Si algo requería de una difícil decisión, dejaba que el tiempo me ayudara a tomarla.

A estas alturas, estaba más que claro que la relación con Julián se había resentido demasiado y que tendríamos que rehacer todo lo que ahora se encontraba hecho añicos. Ahora no tenía fuerzas para pensar en eso, aunque fuera importante, quería mucho a Julián y seguro que nuestro amor estaría por encima de todo esto. Era el momento de estar con Piero. Me necesitaba sin saberlo. Debía ser su amiga y demostrarle que la amistad está por encima de todo. Al fin y al cabo, la amistad se basa en el amor y el amor, todo lo puede.

Miré el reloj y vi que era casi la hora de comer, pero antes, quería llamar a mi madre. Demasiadas semanas sin uno de sus abrazos.

—Hola, mamá.

—Cariño, ¿qué tal va todo? ¿Estás bien?

—La verdad que no tan bien como me gustaría —comencé—. Las cosas con Piero son cada vez más complicadas y con Julián…

—Julián estuvo aquí hace un par de días y lo vi bastante triste. —Cosa que ya sabía—. Tenéis que solucionar lo vuestro, cariño.

—Ya lo sé, pero hay algo más importante que solucionar antes que eso y si él no se da cuenta, yo no puedo hacer nada. —Cerré los ojos y suspiré.

—Por supuesto —añadió—. Tengo muchas ganas de verte. Hay un montón de cosas que quiero contarte. —La voz de mi madre transmitía felicidad.

—Qué ganas, mamá —afirmé—. Necesito recuperar mi vida, mi espacio y lo que más añoro es uno de tus envolventes abrazos.

Me reconfortaban hasta el extremo. Me ayudaban cuando más lo necesitaba. Eran como mi refugio.

—Pues te mando uno muy grande.

Me contó que el jardín empezaba a mustiarse y que debía plantar algunas flores de temporada. Me pidió algunos consejos y consiguió alejarme unos minutos de mis preocupaciones, haciendo que me relajara creando un ambiente distendido y fácil. Al colgar, volvió a engullirme todo mi mundo de problemas y preocupaciones. Notaba la ausencia de todo lo que me llenaba y me hacía feliz, pero aún estaba a cierta distancia de poder recuperarlo.

Pronto sabríamos los resultados de los análisis del líquido que sustraje de casa de Piero y podríamos demostrarle el grado de manipulación y desesperación de aquella extraña mujer que le estaba quitando la vida. Los días pasaban demasiado lentos cuando esperas una noticia importante.

LOS RESULTADOS

Apenas pude pegar ojo aquella noche pensando en cómo le diría a Piero adiós. Los días pasaban y yo estaba cada vez más lejos de mi mundo y de mis objetivos. No podía tardar más tiempo en volver a mi realidad.

Cuando llegué a la cocina, miré a mi padre esperando que me dijera que ya tenía algo, pero negó con la cabeza. Era demasiado pronto como para que alguien hubiera podido analizar nada, pero yo tenía prisa, necesitaba saberlo ya para poder retomar mi vida en mi país.

Aquella mañana intenté distraerme con uno de los libros de mi padre. Tenía una estantería repleta de libros sobre plantas, flores, vinos, etc., bastante interesante. Agarré uno de ellos y me senté en el porche a leer. Mi mente intentaba huir hacia Piero, pero yo la contenía. No podía hacer nada de momento y los nervios me recorrían por dentro como pequeñas hormigas que andaban de un lado al otro. Cerré el libro sin poder concentrarme, y pensé en mi madre. En lo bien que iba todo ahora que Román había cerrado ya su capítulo con Estela. Tantos años pensando que ella lo había abandonado y resultaba que estaba tan enferma que no sabía ni lo que hacía. La vida a veces es injusta y cruel, pero para eso estamos aquí, para enfrentarla y salir airosos de los baches que nos pone por delante.

Vi a mi padre acercarse a mí a toda prisa. Me levanté y fui a su encuentro.

—Iris —su respiración era rápida—, tenemos algo, vamos.

Le seguí hasta la casa y nos sentamos alrededor de la mesa donde nos esperaba Ariadna.

—Mi amigo acaba de llamar —aclaró la garganta—. Dice que aquella bebida contenía una droga peligrosa. Una que podría ser lo que andamos buscando.

—No puede ser —añadí. Sin embargo, había muchas posibilidades de que esto fuera así.

Por una parte, hubiera deseado que el líquido no hubiese contenido ninguna sustancia que pudiera herir a Piero, pero por otro, esa era la única forma de hacer que se diera cuenta de lo que allí estaba pasando. Me levanté dando un salto que puso a mi padre en alerta.

—Iris, ¿qué vas a hacer? —preguntó preocupado.

—Voy a ir a ver a Piero y a contarle todo lo que hemos descubierto.

—Ni se te ocurra —ordenó mi padre—. Vamos a la policía y le contamos todo. Que ellos investiguen los hechos.

—Papá —me acerqué para mirarle a esos ojos profundos que irradiaban tanto amor—, no puedo esperar, debo ir rápido a hablar con Piero. Ahora tengo la prueba irrefutable de lo que sucede. Es el momento de terminar con esto.

—Está bien. —Negó con la cabeza mientras Ariadna nos miraba—. Iré contigo entonces.

—No, debo hacer esto sola.

Mi padre no se quedó muy convencido, pero también sabía que no dejaría que él estuviera metido en medio de este lío que solo yo podía deshacer. Así que no perdió el tiempo intentando convencerme ni un minuto más. Agarré el bolso y salí a coger el coche, quería estar en casa de Piero lo antes posible. Encendí el motor y me marché con premura, viendo cómo mi padre y Ariadna me miraban mientras salía por el camino. Si me daba prisa, llegaría antes de que ella volviera a casa para la hora de comer.

Una vez en el pueblo, aparqué en las afueras y me dirigí a toda prisa hacia el centro. La casa de Piero estaba algo alejada de donde había dejado el coche. Llegué sin aliento y llamé al timbre, de nuevo nadie me abría. Recordé por un instante el estado en el que había dejado a Piero el día anterior y me recorrió un escalofrío. ¿Seguiría vivo? Era lo único que podía pensar. Llamé varias veces más hasta que el portal se abrió como por arte de magia. Llegué a la puerta y vi que estaba entreabierta. Miré a mi alrededor algo asustada. Qué raro. No sabía quién podría haber abierto. Solo esperaba que ella no estuviera dentro, de lo contrario, ya improvisaría algo.

Abrí la puerta despacio y eché un vistazo a su interior, nada se movía. Parecía estar desierta. Miré a mi espalda y tampoco había nadie. Entré con sigilo, nerviosa. No encontré a Piero así que me interné un poco más y seguí hasta la habitación donde me pareció que había alguien tumbado en la cama. Al acercarme un poco más pude ver que era Piero. Corrí a su lado pensando lo peor. Me abalancé sobre él e intenté despertarlo sin llegar a conseguirlo. Me acerqué a su boca y comprobé que respiraba. Intenté que se incorporara, pero pesaba demasiado. No sabía qué más hacer para despertarlo e intentar sacarlo de allí. Escuché un ruido a mi espalda. Me volví, pero no vi a nadie. El corazón me palpitaba cada vez más rápido. Cogí el teléfono para llamar a la policía. Aún no había terminado de marcar cuando un golpe seco me dejó tirada en el suelo.

Cuando abrí los ojos descubrí que estaba tumbada al lado de Piero y que la cabeza me iba a explotar. No había nadie más que nosotros en aquella habitación. Me incorporé y me sujeté la cabeza con ambas manos. El dolor era insoportable. Bajé de la cama y fui a la cocina a por algo de hielo. Estaba tan aturdida que no podía pensar con claridad. Escuché el sonido del timbre de la puerta e intenté llegar para abrirla cuando alguien me sujetó del brazo y me inyectó algo que me dejó completamente paralizada y en el suelo. Podía escuchar y ver todo lo que pasaba a mi alrededor, pero no podía moverme ni un milímetro. Mi cuerpo no reaccionaba ante mis órdenes mentales. La novia de Piero salió de mi ángulo de visión. Pude escuchar cómo arrastraba algún mueble y enseguida volví a verla ante mí sin saber qué estaba tramando. La angustia se había apoderado completamente de mí y un sudor frío comenzó a brotar por mi frente. Había cometido demasiados errores y ahora estaba a su merced por completo. Debía haber pensado mejor en la estrategia y planificado los detalles para no verme víctima de esta situación que tenía tan mala pinta. El timbre volvió a sonar. Esta vez escuché una voz muy conocida el otro lado. ¡Dios mío, era Julián! En ese momento solo podía pensar en que si seguía llamando ella abriría y correría la misma suerte que nosotros. Intenté moverme, pero seguía sin reaccionar ni un solo músculo de mi cuerpo.

—¿Te crees la salvadora de todos? —dijo aquella voz que me dolía escuchar—. Te lo advertí, te dije que nos dejaras en paz y ¿qué has hecho? Empeorarlo todo. Piero y yo hemos sido muy felices hasta ahora que has aparecido. Mi plan iba según lo estipulado hasta que llegaste para fastidiarlo todo. Eres un verdadero incordio.

No había notado nunca tanto odio en la voz de una persona. Aquella mujer transpiraba rencor, resentimiento y mucho dolor. Se notaba en la cara que sufría por dentro.

No podía moverme ni tampoco articular palabra. La droga que me había inyectado me había dejado insensible y sin habla. Inofensiva por completo, como ella me quería.

Vi cómo volvía a desaparecer y le decía algo a Piero. Escuché unos besos y luego, para mi sorpresa, la puerta se vino abajo de un golpe seco que hizo que perdiera el conocimiento del todo.

Abrí los ojos, estaba muy cansada. Parecía que había pasado una eternidad dormida. Una niebla luminosa llenaba la habitación y me cegaba. No podía ver dónde me encontraba. Noté algo caliente recorrer mi nuca. Miré al suelo y vi que estaba sobre un gran charco de sangre. Puse la mano sobre mi cabeza y, cuando volví a mirarla, estaba cubierta de sangre. ¡Dios mío, Piero! Corrí hacia la habitación aún cegada. La puerta ahora estaba cerrada. Abrí con el corazón en un puño, pero allí no había nadie. Piero había desaparecido y ella también. ¿A dónde habrían ido? Él apenas podía moverse, estaba inconsciente... Me temía lo peor. Las lágrimas comenzaron a brotar y una angustia recorrió mi pecho.

—He fracasado —dije en voz alta—. Perdóname, Piero, lo siento mucho.

Mis piernas flaquearon y caí al suelo. La sangre no paraba de brotar y comencé a marearme. De repente, escuché un grito y seguido, alguien que me llamaba. Una mano agarró mi brazo y otra mi mano. Intenté gritar, pero no podía emitir ningún sonido, estaba agotada de tanto luchar.

—Iris —volvió a sonar aquella voz que ahora me resultaba bastante familiar —. Iris, cariño.

Cuando desperté estaba en el hospital y Julián estaba a mi lado, agarrándome el brazo y la mano. Se puso de pie cuando vio que abría los ojos.

—Joder, Iris, menudo susto nos has dado.

—Lo siento. —Mi voz era débil—. No calculé bien las consecuencias.

—Desde luego que no.

—¿Y Piero? ¿Está bien? —Me reincorporé un poco y noté cómo la cabeza parecía explotarme.

—Tranquila, está bien. —Entrelazó sus dedos con los míos—. Está en recuperación.

Mi padre y Ariadna entraron en ese momento y me abrazaron fuerte.

Entre todos me explicaron lo sucedido, mientras yo intentaba esforzarme por recordar.

Julián había venido a buscarme porque no podía seguir sin verme ni un minuto más y le había preocupado mucho nuestra última conversación. Había ido a casa de mi padre a buscarme y le habían informado de que me encontraba en casa de Piero intentando explicarle lo que habíamos descubierto. Insistió en ir a buscarme y le dieron la dirección de casa de su hermano. Salió corriendo a mi encuentro, pero cuando llegó, nadie le abría y no tenía forma de entrar en el piso. Mi padre había llamado a la policía cuando yo había decidido ir a casa de Piero y les había contado todas nuestras sospechas. Habían enviado una unidad de la policía a casa de Piero y, por suerte, habían podido entrar antes de que se produjera la tragedia.

Intenté levantarme a pesar de que la cabeza me pedía reposo.

—Tengo que ver a Piero —ordené.

—Lo verás, pero ahora tienes que descansar —sugirió Julián—. Te has llevado un golpe fuerte en esa cabezota tuya y tienes que recuperarte.

Me coloqué las zapatillas y pedí de nuevo que me ayudaran a llegar a la habitación de Piero.

Julián puso los ojos en blanco y me llevó despacio hasta donde le pedía.

Paramos delante de la habitación. Abrí la puerta y vi a Piero con un vaso en la mano. Me miró y una lágrima se derramó por su mejilla.

Me acerqué y lo abracé fuerte. Las palabras sobraban en aquel momento. Lo miré de nuevo y lo agarré la mano.

—Piero. —Estaba feliz de verlo vivo.

Levantó la mirada y la dirigió hacia Julián. Este se acercó y se puso a nuestro lado.

—Si no hubiera sido por ti, no sé dónde estaríamos ahora Iris y yo —Piero agradecía que su hermano hubiera venido a salvarnos.

—No ha sido nada. —Julián sonrió satisfecho.

—Quiero que sepas que Iris es muy importante para mí, pero que tú también lo eres. —Las palabras de Piero me dejaron sin habla—. Eres mi hermano.

—Lo sé —reconoció—. Yo también quiero disculparme por mi comportamiento. No había sido consciente de que eres mi familia y no un rival a batir.

—¿Estoy soñando o aquí se está fraguando una relación de hermanos como Dios manda? —intervine.

La felicidad de tenerles allí juntos y vivos era lo mejor de todo. Las vacaciones en la Toscana habían acabado mejor que bien y ahora ya podía llevarme el mejor recuerdo de todos: el amor de dos hermanos perdidos que por fin se habían encontrado.

Mi padre y Ariadna miraban la escena desde fuera sonrientes. Nunca me había sentido tan satisfecha de perseguir aquello en lo que creía y más en esta ocasión. Si hubiera dejado a Piero a su suerte, ahora no sé si podría estar celebrando que la familia estaba por fin al completo.

DOS DÍAS

Dos días más tarde, salimos de casa de mi padre para la casa de la madre de Piero a petición suya. Aunque yo seguía con la cabeza embotada y sin poder pensar con claridad, quería despedirme de ella de la mejor manera que sabía: devolviéndole a su hijo sano y salvo.

Piero abrió la puerta y encontramos a su madre trasteando en la cocina. Cuando se volvió y lo vio frente a ella, se abalanzó a su hijo y lloró desconsolada durante un buen rato.

Julián y yo los dejamos solos y fuimos al salón a esperar a que todo volviera a su lugar.

—Has hecho algo increíble —dijo Julián mirándome a los ojos.

—Y tú también —respondí.

Acarició mi cuello con sus suaves dedos y perdí el control durante unos segundos.

—Julián…

Se apartó rápido cuando vio que su hermano y su madre se acercaban a donde nos encontrábamos.

—¿A quién debo darle las gracias por haber hecho que mi hijo volviera a casa? —preguntó la madre de Piero mientras se secaba las lágrimas.

—Mamá, a los dos por igual —intervino Piero.

Julián se acercó a su madre y la abrazó. Lo mismo hizo después con Piero. No podía creer lo que estaba viendo. Era lo que siempre había imaginado. Una familia unida y feliz. Se lo merecían. Sobre todo, Julián, que llevaba esa espinita clavada muy hondo y había conseguido sacarla por fin. La madre de Piero sonreía mientras las lágrimas seguían derramándose.

—Qué alegría vamos a darle a tu padre cuando vuelva —intervino Estela.

—Lo siento tanto, mamá. No era consciente del daño que estaba causando…

—Estás aquí y eso es lo que importa, cielo. —Le acarició la mejilla.

Piero cerró los ojos saboreando cómo los sentimientos de dulzura se colaban por todos los poros de su piel. Julián volvió a mi lado y me dejó un beso en los labios que me supo a poco. Hacía mucho que no estábamos juntos y tenerlo tan cerca me hacía arder por dentro.

—Tenemos que volver a casa de mi padre —acerté a decir—. Nuestro vuelo sale en dos días y quiero hacer algunas cosas antes.

—Por supuesto —dijo Estela.

—Iris —Piero se acercó y me cogió las manos—, no sé cómo agradecerte que seas tan cabezota. —Sonrió—. Eres la mejor amiga que nadie podría tener y mi hermano tiene mucha suerte de tenerte a su lado.

Julián miró a Piero y ambos sonrieron dejando los rencores atrás.

—Julián —Piero se acercó ahora a su hermano—, aquí me tienes para lo que sea necesario. Te estaré agradecido siempre.

—Eres mi hermano —intervino Julián—. Hice lo que debía hacer.

Ambos se abrazaron de nuevo. Yo me acerqué a Estela y la acogí en mis brazos mientras me daba las gracias flojito al oído.

Salimos de aquella casa con la sensación de que habíamos vencido. Nos sentíamos triunfadores y satisfechos. Yo estaba pletórica y llena de energía. Energía de toda la adrenalina acumulada que pronto me dejaría hecha un trapo.

Bajamos al coche, nos sentamos y respiramos hondo. Miré a Julián y me devolvió la mirada. Esa mirada que tanto echaba de menos. Esa que me hacía temblar y me provocaba tanto por dentro. Metió su mano entre mi pelo y me acercó a él, lento, pero con seguridad, sabiendo lo que hacía. Me perdí en sus jugosos labios mientras nuestras lenguas se enredaban juguetonas. Se añoraban. Se querían. Se deseaban. Deslizó su boca por mi cuello. Temblé entre sus brazos.

—Vámonos de aquí —susurró.

—Sí, por favor —supliqué.

Necesitaba sentirle. Tenerle tan cerca que fuéramos solo uno. Piel con piel, libres y desbordados de deseo.

Arrancó y volvimos a casa de mis padres. Había luz en la cocina. Ariadna y mi padre nos esperaban en el salón.

—¿Cómo ha ido todo? —preguntó mi padre.

—Todo ha ido a la perfección —contesté—. Piero está con su familia. Todo ha vuelto a la normalidad.

—Oh, Iris. —Ariadna me abrazó.

Estábamos todos completamente agotados de tanto pensar. Necesitábamos relajarnos por fin y rehacer nuestras vidas. Todo había acabado y de la mejor forma posible.

Después de charlar un rato y de que Julián y mi padre se conocieran un poco más, ellos se retiraron y nosotros hicimos lo mismo.

Entramos rápido en la habitación. Queríamos estar cerca de nuevo. Julián me atrapó por la cintura pegándome a su cuerpo, haciendo que perdiera la respiración cuando sus ojos se encontraron con los míos.

—Sé lo que necesitas, princesa.

Dejó un suave beso en mis labios y se alejó hasta el baño. A los pocos segundos, escuché el agua caer. Sí, estaba claro que sabía lo que necesitaba.

—Iris —Julián me llamaba—. Desnúdate y ven aquí.

Me quité la ropa y entré en el baño. La bañera estaba preparada con una buena capa de espuma, como más me gustaba. Ver aquello me hizo gemir de gusto. Un baño de agua caliente con sales y espuma era perfecto en aquel momento. Julián me invitó a entrar y luego se desvistió y entró detrás. Me colocó de espaldas entre sus piernas y comenzó a masajear mi cuerpo con el dulce jabón de rosas. Los aromas, el calor, la humedad y la plácida sensación de no tener nada pendiente, me relajaron tanto que casi me duermo, a no ser porque Julián comenzó a besar mi cuello de nuevo y aquello me puso en alerta rápido.

—Iris, levántate —ordenó.

Hice lo que me pedía. Él se levantó tras de mí y salió a coger un albornoz que me colocó por los brazos y después ató a la cintura. Él se puso otro y me abrazó mientras me frotaba intentando secarme.

—Eres increíble. —Levantó mi cara hasta encontrarse con mis ojos—. Siento haber…

Le cerré los labios y acallé sus disculpas. No era momento para eso. Me acerqué y junté mis labios a los suyos. Me quitó el albornoz y me llevó en volandas hasta la cama sin parar de besarme. Me puso sobre ella y dejó caer su albornoz. Su cuerpo se superpuso sobre el mío, encajando a la perfección. Mis piernas abrazaron sus caderas y me dejé llevar, perdiendo el control absoluto. Hacía semanas que deseaba tenerle entre mis brazos y poder disfrutar de nuestro amor. Me sentía pletórica y agotada al mismo tiempo, pero tenerle allí conmigo, me daba ese chute de energía que necesitaba.

Me despertó el roce de su mano sobre mi cara. Le miré y sonreí. Estaba feliz y a mi lado. Había amanecido una bonita y tranquila mañana. Todo parecía como en un sueño. Había recuperado mi paz interior.

La Toscana era mágica y me encantaba.

Mi madre vino a mi mente por sorpresa. Necesitaba abrazarla y darle el apoyo que hubiera necesitado de mí y no había tenido. Echaba de menos las largas conversaciones con Violeta y esos cafés interminables. La pequeña Estela, Lucas, Andrea...Y todo mi mundo. Mi vida ahora tenía todo lo que podía desear. Las cosas ya estaban en orden. Incluso lo que parecía imposible había llegado a cumplirse. Julián y Piero parecía que se trataban como lo que eran: hermanos.

—Buenos días —susurró a un milímetro del lóbulo de mi oreja—. ¿Qué tal tu última noche en la Toscana?

—Maravillosa. —No podía comprobarlo, pero estaba segura de que mis ojos brillaban más que nunca.

—Vamos a la ducha, perezosa. Tu padre y Ari seguro nos esperan para el desayuno.

Nos dimos una ducha calentita y fuimos a desayunar. Mi padre y Ariadna nos esperaban tomando el café en la cocina. Mi padre se abrazó a mí nada más verme. Noté alivio en su abrazo. Estaba viva y en casa.

—Te voy a echar mucho de menos —dijo triste—. A ver si te dejas caer más por aquí. Sabes que pronto comenzará la siembra.

—Yo también a ti. Prometo volver pronto.

Un nudo se alojó en mi garganta y contuve las lágrimas que estaban a punto de brotar. No quería que fuera una despedida amarga, las odiaba.

En pocas horas estaríamos en el aeropuerto camino a casa, pero antes, debía despedirme de Piero e invitarle a pasar por Mallorca siempre que le apeteciese.

Después de una larga charla familiar y un delicioso desayuno, nos despedimos de mi padre y de Ariadna y emprendimos camino hasta Florencia para hacer la última parada antes de nuestro vuelo. Aparcamos junto a la casa de Estela justo antes de la hora de comer. No íbamos a quedarnos mucho tiempo, pero queríamos comprobar que todo seguía igual y que no había ninguna novedad que pudiera trastocar nuestra vuelta.

Subimos al piso y Estela nos abrió con una amplia sonrisa.

—Iris —dijo honrándome con uno de sus apacibles abrazos.

—Hola, Estela. —Miré de reojo a Julián que nos miraba atento.

—Julián, querido. —Se tiró a sus brazos.

El padre, desde el otro lado del salón, nos saludó con una sonrisa.

Piero apareció por detrás de Estela con los cubiertos en la mano.

—¿Os quedáis a comer? —preguntó como si nos estuviera esperando.

—No, gracias, Piero, solo hemos venido a despedirnos —añadí—. Volvemos en pocas horas.

—Pues es una pena. —Estela nos guiñó un ojo—. He hecho el pastel favorito de Piero y me da que os encantaría.

Miré a Julián y este me sonrió.

—A mí me parece bien —intervino él—. Además, me muero de hambre.

—Pues no se hable más —dijo Piero—. Un par de cubiertos y listo.

No podía creer que Piero estuviera tan amable y receptivo. Parecía feliz y lleno de energía. Eso, en aquel momento, resultaba perfecto.

—Iris —Piero susurró muy cerca evitando que nadie lo escuchara—, me gustaría hablar contigo unos segundos antes de que te marches, por favor.

—Claro —contesté—. ¿Va todo bien?

—Sí, sí.

La voz de Estela nos cortó anunciando que la mesa estaba preparada. Todos comenzamos a tomar asiento. El padre de Piero, siempre tan callado, se sentó al lado de Estela y le acarició la mejilla en un gesto de agradecimiento. Volvían a ser una bonita y unida familia como siempre lo habían sido. Estaba muy feliz por ellos y sobre todo por Julián. Había cambiado y ese cambio me resultaba de lo más sexy…

Piero se levantó anunciando que iba a preparar el postre y me guiñó un ojo. Era el momento de hablar. Me incorporé y fui a ayudarle en la cocina. Había algo que tenía que decirme y quería hacerlo a solas. Me preocupó un poco.

Se abrazó a mí cuando estuvimos a solas. Algo que me pilló desprevenida.

—No sé qué hubiera hecho si tú no hubieras estado a mi lado —comenzó—. Tengo tantas cosas que agradecerte…

—Eres mi familia, Piero y te quiero —le agarré la mano—. No podía dejar las cosas como estaban y mirar para otro lado. Yo no soy así y deberías saberlo.

—Lo sé y estoy tan agradecido de que me aguantaras, de que soportaras todas mis impertinencias… No era yo.

—No te fustigues más. Esto que nos ha pasado hará que veas las cosas desde otra perspectiva.

—No sabes cuánto —asintió—. He estado pensando mucho y creo que voy a pedir una excedencia en mi trabajo. Hace tiempo que quiero viajar y siempre ando posponiéndolo.

—Es una maravillosa idea. —Sonreí—. No te olvides de pasar por Mallorca.

—Por supuesto que no.

Se abrazó de nuevo a mí y se aclaró la voz. Ambos teníamos los sentimientos a flor de piel y las lágrimas retenidas.

—Venga, ayúdame con el postre —dijo intentando quitar importancia a la situación.

Asentí.

Volvimos a la mesa y, tras el delicioso café y pastel de Estela, retornamos nuestro camino de vuelta. En unas horas, estaríamos aterrizando en el aeropuerto de Palma. Por fin en casa.

Violeta y Estela habían insistido en venir a recogernos, así que no habíamos podido negarnos a la ilusión de una niña deseosa de poder abrazar a su tío de nuevo. Solo imaginar la escena me llenaba de ternura.

Todo en la Toscana estaba de nuevo en su sitio. Dejábamos una maravillosa tierra con nostalgia, pero con una gran alegría y satisfacción.

Mi teléfono sonó justo antes de entrar al avión.

—Dime que no ha pasado nada y que volvéis según lo previsto —ordenó Violeta.

—En este momento estamos recorriendo la pasarela que nos lleva al avión —la tranquilicé—. Ya estamos de vuelta.

MALLORCA

Aterrizamos y, aunque ya habíamos pisado un trocito de nuestra isla, echaba de menos a la parte de mi familia que se había quedado en la Toscana. Al menos, estaba satisfecha de que la pesadilla de Piero hubiera acabado ya y de haber podido destapar a la arpía de una vez por todas. Había sido encerrada y tenía muchas cosas a las que hacer frente, como a un largo juicio por homicidio, que aún no había prescrito e intento de homicidio, dos delitos muy graves que, sin duda, la mantendrían alejada de las calles durante una larguísima temporada.

Violeta y Estela aparecieron detrás de la valla de recepción de pasajeros. La niña la cruzó ante los ojos inquisitivos del agente de seguridad, que no pudo hacer nada para evitarlo, pues ya estaba en los brazos de su tío y lo abrazaba agarrada a su cuello. Nos acercamos hasta donde estaba Violeta y la abracé aspirando aire fresco y el aroma a nuestro último perfume.

—Qué ganas de que volvierais —dijo Violeta mientras seguíamos abrazadas.

—Este viaje ha sido una pesadilla —añadí mirándola a los ojos—. Espero volver y poder disfrutar de unas vacaciones como Dios manda.

—Tú y tus historias, Iris. Haces que la vida de los demás parezca aburrida.

—No será la tuya. —Sonreí—. Imagino que tendrás muchas cosas que contarme de Óscar, ¿no?

—Sí, demasiadas. —Se sonrojó.

Julián y Estela aparecieron detrás de nosotras. Estela se agarró de mi cuello y me dio dos sonoros besos que nos hicieron reír a carcajadas. Todo parecía volver a encajar en su lugar. Violeta se acercó a Julián y Estela me dio la mano. Emprendimos el camino hacia casa, sonrientes y con ganas de seguir con nuestras vidas.

Violeta nos dejó en casa de Julián prometiendo que nos reuniríamos todos al día siguiente en casa de sus padres. Mi madre estaría allí. Tenía tantas ganas de abrazarla, de sentirla…

Julián me agarró de la mano y me llevó hasta la habitación.

—Prepara la bañera. Voy a encender la chimenea.

Me conocía bien y sabía que lo que más me apetecía en este momento era sentir el agua caliente sobre mi piel y dejar que los poros absorbieran todo el vapor y mi cuerpo se relajara por completo. Dejé el agua caer libre y derramé unas gotas de aceite esencial de lavanda. El aroma se esparció por toda la estancia y el vapor comenzó a inundarlo todo.

Julián apareció por detrás y me abrazó fuerte dejando un beso sobre mi nuca.

—Por fin en casa —dijo mientras suspiraba.

Nos quitamos la ropa y nos sumergimos en la aromática y caliente agua que nos esperaba impaciente. Eché la cabeza hacia atrás y la apoyé sobre la bañera, cerrando los ojos y disfrutando de aquel placentero momento. Julián hizo lo mismo y ambos nos relajamos en el silencio de aquella habitación. Solo se escuchaban nuestras respiraciones y el sonido del agua a cada pequeño movimiento. Noté su mano deslizarse por la parte interna de mi muslo y me sobresalté. Mi cabeza se había ido a otro lugar y, notar su tacto, hizo que me estremeciera. Abrí los ojos y miré la profundidad de los suyos. Siguió jugando con sus dedos hasta que logró que diera un respingo. Mi gemido retumbó en el agua y esta ondeó hasta salirse y mojarlo todo.

—Julián —dije sonriendo—. ¡Para!

—No quiero —contestó acercándose a mi boca.

Deslizó sus húmedos besos por mi cuello y nuestras lenguas se unieron en un juego peligroso que ya no tenía marcha atrás. La temperatura fue subiendo y acabamos uno sobre el otro. Había comenzado un ritual que daba rienda suelta de nuevo a nuestros sentimientos. Nuestros cuerpos encajaron y nuestro baile hizo que se derramara parte del agua de la bañera. Entre risas y besos, nos escapamos, mojados, hasta la cama, dejando un reguero de pisadas marcadas en el suelo de madera.

Nuestros mojados cuerpos se deslizaban arriba y abajo, dejándonos abrazar por la pasión. Nos deseábamos, nos anhelábamos. Gemí al notar cómo una oleada me recorría y empapaba de nuevo mi cuerpo. Noté a Julián apretarse más contra mí hasta que un sordo gruñido acabó explotando dentro de mi cuerpo. Sus gemidos me hacían enloquecer y su mirada se clavaba en la mía, tanto que podía ver el placer que le proporcionaba el roce de nuestra húmeda piel. Me besó como si hiciera una eternidad que no nos veíamos y se tumbó a mi lado intentando recuperar el aliento.

—Iris, eres todo lo que quiero y necesito —soltó sin pensar.

Una lágrima se deslizó inocente por mi rostro. Nos abrazamos y nos venció el sueño sin que pudiera añadir ni una sola palabra.

Había amanecido un día precioso. El sol entraba por las ventanas y demostraba que cada día era más débil. El invierno estaba a punto de comenzar y con él, mis amadas lluvias y días grises.

Julián se movió a mi lado y abrió los ojos.

—¿En qué estás pensando? —preguntó con esa ronca voz que le caracterizaba por las mañanas.

—En la familia y en lo importante que son los amigos.

—Pues deja de pensar y vamos a desayunar, me muero de hambre.

Nos levantamos y fuimos a desayunar a uno de los cafés de la zona del marítimo. Allí las ensaimadas eran una delicia y hacía mucho que no las degustábamos. Nos sentamos en una de las mesas que daban al mar y nos dejamos bañar por aquel sol que calentaba cada día menos.

De repente, noté algo raro en el estómago después de dar el primer sorbo de café, como si se me hubiera dado la vuelta.

—¿Estás bien, Iris? —preguntó Julián al ver mi reacción.

—Sí, eso creo —dije tocando mi estómago.

—Te has puesto pálida.

—No es nada, ya se me pasa.

No le di importancia y se fue igual que había venido. Supuse que aquella paz que sentía por dentro me recorría el estómago en forma de emoción. Todo parecía tan perfecto ahora... Sonreí.

El trabajo vino a mi mente y, aunque era viernes, día laborable, Violeta y yo habíamos decidido que las tiendas permanecieran cerradas durante el fin de semana. Aquel día habíamos pensado tomárnoslo como un día más de merecidas vacaciones antes de comenzar jornadas interminables de trabajo. Todos necesitábamos descansar y recuperar fuerzas.

Mi madre había preparado una comida para todos en el jardín aprovechando los últimos rayos de sol que precederían a las tormentas y a las lluvias de esa época del año.

A la hora de comer, fuimos a la casa de Román. Aparcamos el coche en la entrada y fuimos hasta la casa dando un ligero paseo mientras nuestros dedos jugueteaban como niños pequeños. Julián estaba mejor que nunca y aquello me hacía tener una sensación de querer llorar demasiado a menudo. Me encontraba tan sensible que cuando me rozaba la piel me erizaba por completo. Era maravilloso.

Mi madre apareció ante nosotros en el camino. Paré en seco y abrí la boca. Estaba deseando volver a verla. Solté a Julián y corrí a instalarme en sus brazos. Las lágrimas brotaron como locas al sentir el contacto con su anhelado cuerpo. Me quedé demasiado tiempo pegada a su calor hasta que Julián llegó a nuestra altura. Mi madre me acarició el cabello y saludó a Julián con un beso.

—Mamá —dije al fin—. Te he echado tanto de menos…

—Y yo a ti, cariño.

La agarré de la mano y nos condujo hasta el jardín donde todos estaban sentados esperándonos. Las blancas campanillas se refrescaban en un gran jarrón que reposaba sobre la gran mesa del jardín. Los cubiertos, perfectamente colocados y siguiendo una armonía de tamaños, brillaban al reflejo del tímido sol. Las sillas, vestidas de blanco, resaltaban el verde de las plantas y del césped.

Fuimos tomando asiento alrededor de la espectacular mesa y comenzamos a servirnos la comida mientras comentábamos el catastrófico viaje a la Toscana y todos los acontecimientos que habían llegado, por suerte, a un final feliz. Mi madre se levantó y, dando unos golpecitos en la copa con su cucharita de postre. Pidió silencio sorprendiéndonos a todos.

—El domingo haremos una fiesta aquí mismo —anunció—. Daremos un cóctel para contaros una noticia muy importante.

Todos nos miramos de reojo como intentando descubrir si alguien sabía de qué se trataba aquella misteriosa noticia de la que mi madre no me había hablado antes.

—¿Y por qué no lo dices ahora? —preguntó la niña, curiosa.

—Porque la noticia bien se merece una buena fiesta de celebración y eso será el domingo —informó a Estela, dándole un suave golpecito con el dedo en su respingona naricita.

Román se levantó y dio un beso a mi madre, que volvió a tomar asiento mientras nos servían los postres.

—Mamá, ¿qué es eso tan importante que tienes que contarnos? —pregunté ansiosa por saber algo más.

—Tendrás que esperar al domingo como todos. —Y alzando las cejas, dio por zanjada la conversación.

¿Qué noticia tan importante era esa que tenía que darnos? Tendría que esperar un par de días más para descubrirlo, aunque me muriera de curiosidad. Estaba claro que mi madre no estaba dispuesta a soltar ni una sola palabra de aquello, así que concluí en que debía ser de vital importancia para ella. No me quedaba otra que esperar…

Violeta me hizo un gesto para que la acompañara dentro de la casa. Sin duda, tenía algo muy importante que hablar conmigo. Una vez dentro, miró en todas las direcciones para asegurarse de que nadie nos escuchara.

—Estás de lo más extraño y misterioso, Violeta.

—Óscar y Estela van a conocerse este fin de semana.

—¿En serio? ¿Estás segura?

—Sí, ha llegado el momento —afirmó—. He estado hablando con Estela y está emocionada por conocerlo.

—Espero que haya cambiado de verdad. Me dolería mucho veros sufrir —me sinceré.

—Es otro Óscar, te lo aseguro. Es cómo cuando lo conocí, ha vuelto a su esencia…

Me agarró las manos y me miró ilusionada y sonriente.

—Me alegro de que tengas las cosas tan claras y, sinceramente, espero que todo vaya bien. Sabes que te apoyo.

—Lo sé, por eso te lo he contado a ti antes que a nadie.

—Pero… Deberías contárselo a los demás —le sugerí—. Es el momento perfecto, están todos aquí y ahora.

—No puedo, Iris. —Me soltó las manos y se las metió en los bolsillos del pantalón—. Aún no estoy preparada para reproches y absurdos consejos que no seguiré nunca.

—De acuerdo. —No me quedó más remedio que darle la razón.

—Saldrá bien, lo prometo.

Julián entró interrumpiendo nuestra conversación.

—No me digas que vas a volver a ir a ver a ese idiota —introdujo Julián.

—No me digas lo que tengo que hacer —ordenó Violeta—. Las cosas no son cómo tú te piensas. Óscar ha cambiado y… Bueno, no voy a dar más explicaciones sobre lo que debo o no debo hacer. El tiempo dirá si estoy en lo cierto o si he vuelto a tropezar con la misma piedra por segunda vez. Estoy convencida de que esto es lo mejor.

La explicación de Violeta sorprendió a Julián que se acercó y la abrazó fuerte.

—Si es lo que quieres, entonces adelante. —Julián volvía a sorprenderme.

Lo miré orgullosa por su reacción. Lo agarré de la mano y volvimos a salir para saborear los deliciosos postres que nos habían servido con el café.

—Estáis demasiado misteriosos vosotros tres, ¿ha pasado algo de lo que deba enterarme? —mi madre preguntó con su sonrisa pícara.

—¿Acaso tú no estás misteriosa con esa noticia tuya de la que no quieres adelantarme nada?

—¡Bah! —dijo al tiempo que bebía de su pequeña taza.

Estela comenzaba a bostezar más de la cuenta y Violeta, disculpándose, decidió dar la velada por terminada. Se despidió de todos y se marchó con la niña en los brazos muerta de sueño.

Julián y yo aprovechamos para despedirnos también y volver a nuestro nidito de amor. Teníamos ganas de estar solos y disfrutar de una tarde tranquila de viernes.

Llegamos a casa y enseguida Julián fue a encender la chimenea. Me abrazó por la cintura y me pidió que me pusiera cómoda. Nos sentamos en el sofá y suspiramos al notar la tranquilidad del hogar en nuestros cuerpos. Me cogió un pie y comenzó a masajearlo suave, delicioso...

—¿Crees que Violeta está haciendo lo correcto? —preguntó desviando mis pensamientos.

—Eso no podemos saberlo. Ha decidido tomar ese camino y nosotros tenemos que respetarlo.

—Sí, tienes razón.

Aquella respuesta volvió a sorprenderme. Julián estaba más sereno que nunca, relajado y dispuesto a hablar de lo que fuera.

—Parece que Óscar tiene claro que son su familia y está dispuesto a demostrarlo —añadí—. Démosle la oportunidad de hacerlo.

—Sí, por supuesto.

Su mano comenzó a subir por mi muslo hasta llegar a mis caderas. Fue incorporándose de su posición y poco a poco iba dejándose caer sobre mí sin apartar su mirada. Metió su mano por mi cuello y acarició mi pelo mientras tiraba de él para dejar mi cuello al descubierto. Sus besos lo recorrieron todo mientras el fuego crepitaba tan ardiente como el ambiente que se había ido creando entre nosotros. Se acercó a mi boca y lamió mi labio haciendo que soltara un ahogado gemido. Nuestras lenguas se enlazaron y bailaron al son de las llamas. Los latidos se volvieron más rápidos y las oleadas de placer subían y bajaban por todos los poros de mi piel. Me perdí entre su cuerpo y dejamos que el amor que sentíamos se dibujara allí mismo, en nuestra casa, en nuestro salón, en nuestro sofá...

ESTELITA

La noche terminó con nosotros dos en el sofá, comiendo palomitas y viendo una de nuestras películas favoritas de misterio. Había sido un día perfecto, con un final más que increíble. Tocaba afrontar un nuevo día y sabía que aún me quedaban cosas pendientes que hacer, cómo llamar a Andrea para que me contara qué tal los preparativos de su nuevo hotelito y a Lucas que hacía como mil años que no hablábamos. Di un beso de buenos días a Julián y noté cómo su cuerpo se ponía en marcha de nuevo.

—Ey, relájate machote.

—¿Cómo pretendes que haga eso teniendo a esta deliciosa mujer a mi lado?

¿Cómo podía evitar no derretirme con esas palabras? Estaba cambiado y ese cambio había sido maravilloso. Se le veía feliz y tranquilo y cuando estaba así, era todo encantador.

—Me voy a ver a Andrea —dije haciéndole saber que no desayunaríamos juntos.

—Vale, yo me quedo un rato más en la cama.

Me levanté, tomé una ducha y me puse cómoda para ir a desayunar con mi mejor amiga. Aún estaba en el hotel del centro y no me costaría mucho llegar hasta allí andando. Me apetecía dar un paseo por el marítimo y disfrutar de los sonidos que me regalaba el mar y la vista de los barcos que habitaban en él.

Al llegar al hotel, vi a Andrea detrás de los cristales de la recepción. Entré y nuestras miradas se encontraron de nuevo después de tantas semanas.

—Joder, Iris, qué ganas tenía de verte.

—Qué bien hueles —dije mientras la abrazaba.

—Defecto profesional —me guiñó un ojo.

Nos reímos a carcajadas y me invitó a entrar y a tomar asiento. Los clientes del hotel estaban sentados desayunando y el bufé aún seguía sobre el mostrador.

—Sírvete lo que quieras. Hoy invito yo. —Me regaló una de sus bellas sonrisas y se marchó.

Eché una ojeada a las mesas y elegí una que quedaba libre en una esquina. Dejé el bolso y fui a servirme algo para comer, estaba hambrienta.

Llené el plato de cosas ricas y me senté a esperar a Andrea. Siempre estaba demasiado liada como para sentarse a desayunar conmigo, pero, al menos, lograba que se relajara un poco tomando un café en algunas ocasiones. La vi acercarse de nuevo.

—Siéntate y tómate un café, venga, tengo muchas cosas que contarte —le supliqué.

—Has venido en el peor momento. Todos los clientes están desayunando y no puedo sentarme.

—Vengaaaaa. —Hice un puchero.

—Está bien, pero cinco minutos. —Sonrió y yo le devolví mi sonrisa de satisfacción.

—Lo de Piero se solucionó, por suerte —comencé—. Violeta va a presentarle a Estela a su padre. Julián y Piero han conseguido llevarse bien. Mi madre tiene una noticia muy importante que darnos el domingo. —Bebí un sorbo de café—. Y... Lo siento —dije levantándome.

Corrí hasta el baño y vomité lo poco que me había dado tiempo a comer. Sin duda, el café me había sentado como un tiro. Tenía el estómago del revés, pero seguía teniendo hambre. Me lavé la cara y volví a salir al comedor. Andrea ya no estaba sentada esperándome.

Retomé mi desayuno hasta que Andrea volvió a sentarse.

—¿Qué ha pasado?

—No lo sé, supongo que el café no ha acabado de caerme bien —contesté—. Es la segunda vez que me pasa, tendré que pensar en dejarlo.

—Lo dudo, con lo que te gusta un buen café...

Sonreí y comenzamos a hablar sobre todo lo que le había ido adelantando antes de ir corriendo al baño. Se sorprendió por todo lo acontecido y se alegró mucho de que todo hubiera acabado de la mejor manera. Me había visto pasarlo muy mal por culpa de Piero y se alegraba de tenerme de nuevo de vuelta y tan bien.

Violeta apareció cuando Andrea estaba a punto de levantarse. Antes de salir de casa le había mandado un mensaje por si quería que desayunáramos juntas en el hotel de Andrea.

—Perdona el retraso —dijo mientras repartía sus cariñosos besos por nuestras caras. Se la veía tan feliz…

—No pasa nada —dijo Andrea—. La mitad del tiempo ha estado en el baño, así que no te has perdido gran cosa…

Andrea sonrió y se despidió de nosotras. Era el tramo horario de más trabajo para ella y entendíamos que no pudiera prestarnos más atenciones.

—¿Cómo que has estado más tiempo en el baño que en el comedor? —preguntó Violeta divertida.

—Nada, que el café ha debido sentarme mal y lo he vomitado. No es nada, ya conoces a Andrea.

Violeta levantó una ceja y me dirigió una mirada un tanto extraña. Se quitó el abrigo y fue a buscar algo para desayunar.

—¿Qué será eso que tu madre y mi padre quieren contarnos? —preguntó al tiempo que se sentaba.

—No lo sé, la verdad. No puedo imaginar qué se les ha ocurrido ahora…

—Me encanta la relación que tienen. Son tan monos…

—Sí, después de lo de Estela, pensé que la cosa no iba a acabar bien entre ellos. Menos mal que me equivoqué —suspiré—. Pero, hablando de relaciones… Dime, ¿cuándo llevarás a Estela a conocer a su padre?

—Lo he invitado a la fiesta de nuestros padres —afirmó.

—Estás loca, Violeta. Julián estará allí y tu padre... Dios sabe qué pasará cuando vuelvan a encontrarse...

—Me da igual. Creo que es el mejor momento, ya que están todos allí. Solo tendré que pasar por el trauma una sola vez y arreglado.

—Estás más loca de lo que pensaba —le dije sonriendo.

—Le anunciaré a Estela que vendrá para conocerla el domingo. Estoy segura de que se alegrará mucho. He alargado ya mucho este momento.

—Lo importante es que ha llegado.

Terminamos de desayunar y nos despedimos. Era sábado y quería ir a echar un vistazo a la tienda donde tenía el laboratorio, aunque estuviera cerrada. Abrí la persiana y tomé una bocanada de aquel aroma que había echado tanto de menos. El perfume a las diferentes plantas y flores me recordó lo mucho que me gustaba mi profesión. Miré a mi alrededor y vi que todo estaba en orden. Cerré con llave a mi paso y continué hasta el laboratorio. Algunas de las mezclas que había dejado haciéndose ya estaban más que listas. Me quité el abrigo y me arremangué. Tenía ganas de volver al trabajo y aún me quedaban unas horas para volver a ver a Julián en la comida.

Después de un par de horas andando de un sitio para otro, oliendo perfumes, mezclando aceites y preparando nuevas mezclas, sentí un mareo que hizo que parara todo lo que estaba haciendo. Me senté y respiré hondo. Necesitaba aire. Recogí mis cosas y salí a la calle. Respiré hondo de nuevo, sintiendo cómo el mareo se desvanecía y volvía a recuperar las fuerzas. Cerré la tienda y me encaminé hasta casa de Julián. Estaba empezando a preocuparme un poco mi situación anímica.

Había pasado por muchas etapas de sufrimiento en la Toscana y aquello me pasaba ahora factura.

Llegué a casa y encontré a Julián preparando la comida. Tenía un despliegue de alimentos por toda la barra de la cocina y olía delicioso.

—¿Qué estás preparando? —pregunté curiosa intentando adivinarlo.

—Es una sorpresa. Sírvenos una copa de vino y relájate mientras termino.

Abrí la nevera y saqué una botella. La descorché y serví dos copas. Le acerqué una a Julián y le regalé un cariñoso beso. Cogí la mía y salí a la piscina a tumbarme mientras se acababa de preparar la comida. Me sentía algo cansada y no quería estropear la velada con Julián. Se había tirado toda la mañana cocinando para los dos y no quería echarme a dormir, aunque era lo que más me apeteciera.

Un beso me despertó de mi sueño. Me había quedado dormida en la tumbona y Julián había venido a buscarme para comer. Ya estaba todo listo.

Cuando entré y vi la mesa que había preparado, me sentí la mujer más feliz del mundo. Una mesa con todos los detalles y lo que más me gustaba: ¡llena de comida! Conociendo a este hombre, entiendo cómo algunas personas son capaces de conquistar con la comida.

—¿Has hecho también el pan? —dije sorprendida al verlo sobre la mesa.

—Sí. Tenía tiempo de sobra mientras preparaba el resto de la comida —sonrió—. Toma, pruébalo.

Me acercó el pan que aún estaba caliente y al partirlo esparció todo su aroma a sésamo y a algo más que no logré adivinar a pesar de mi avanzado olfato. Tenía una pinta deliciosa.

—¿Qué son estas cosas oscuras que lleva? —pregunté mirando las motas de algo que no reconocía en el pan.

—Es orégano. He probado una nueva receta. ¿Qué te parece?

—Está increíble —añadí al tiempo que lo probaba.

Sonrió de nuevo, satisfecho, y disfrutamos de una comida exquisita a la vez que abundante. Teníamos mucha suerte de habernos encontrado en esta vida y haber formado esta maravillosa familia que teníamos.

Tomamos el café en la piscina, tumbados, dejando que el sol desplegara sus vitaminas por nuestra piel.

—Tengo que contarte algo, Julián —interrumpí aquel idílico momento.

—¿Pasa algo? —Se reincorporó rápido en su tumbona.

—Violeta… —Me reincorporé yo también—. Ha decidido que el mejor día para que Estela conozca a su padre es mañana.

—Pero, mañana tenemos la fiesta en casa de nuestros padres.

—Pues sí, y será allí mismo.

Julián abrió los ojos tanto que creí que se había quedado sin pestañas por un momento.

—No creo que sea el mejor momento, desde luego, pero si ella lo ha escogido, será por algún motivo. —Relajó el semblante.

Las palabras de Julián parecía que vinieran de otra persona. Estaba demasiado comprensivo. Apenas podía decir nada que le alterara más de la cuenta. Parecía estar utilizando alguna técnica para apaciguar su impulsividad. Estaba sorprendida.

—Opino lo mismo.

Sonreí y lo abracé, sintiéndome mejor que nunca.

Sonó el timbre de la puerta y Julián se levantó para abrir.

—¿Esperas a alguien? —me preguntó.

—No.

Se encogió de hombros y fue directo hacia la puerta. A los pocos minutos, Violeta apareció en el jardín y se sentó a meditar mejor su plan para el día de mañana. Necesitaba hablar con nosotros y que le dijéramos cómo enfocarlo todo adecuadamente. La encontré algo perdida, no lo tenía tan claro como por la mañana. Le estaban surgiendo demasiadas dudas y tenía que contárnoslo.

—No estoy segura de lo que estoy haciendo —comenzó mientras se frotaba las mano—. No sé si lo que hago es lo correcto y tengo miedo por Estela.

—Tu miedo es muy normal —añadí—. Lo raro sería que no lo tuvieras. Son dudas razonables teniendo en cuenta la difícil decisión que debes tomar.

—Pero yo ya lo tengo todo decidido —replicó—. Solo es que necesito que me digáis si me estoy equivocando o debo seguir confiando en Óscar.

Julián le agarró las manos intentando que se tranquilizara.

—Violeta, debes hacer lo que tu corazón te pida. —Y me miró con un brillo especial en sus ojos—. El corazón siempre acierta.

—Oh, Julián, qué palabras más sabias. —Una lágrima se derramó por su mejilla—. Mi corazón me pide que le dé una oportunidad, tanto a lo nuestro como a que Estela conozca a su padre.

—Pues entonces, todo dicho. —Julián se levantó de un salto—. Mañana será el gran día. Mi sobrina se merece conocer a su padre y si las cosas no son como esperamos, tiene una familia que la adora y la apoyará siempre.

Violeta y yo nos miramos, extrañadas por la reacción de Julián, que se acercó a su hermana y se fundieron en un abrazo. Se me formó un nudo en la garganta y retuve las lágrimas. Aproveché para salir corriendo al baño a vomitar toda la comida que había digerido hacía pocas horas. Me lavé la cara y me miré al espejo preguntándome a mí misma: «Iris, ¿qué te pasa?»

LA FIESTA DEL DOMINGO

El domingo amaneció precioso de nuevo. Aunque el invierno estaba a la vuelta de la esquina, aún parecía que el otoño se negaba a dejarnos, regalándonos bellos días de sol y suaves temperaturas.

Después de sentirme fatal del estómago, me acosté y dormí plácidamente toda la noche. Hoy me encuentro como nueva dispuesta a disfrutar de una bonita velada junto a mi madre y demás familia.

Extiendo el brazo y me doy cuenta de que Julián no está a mi lado en la cama. Debe de estar preparando el desayuno. Voy a buscarlo.

Me levanté y me acerqué a la cocina después de refrescarme un poco la cara. En efecto, allí estaba, preparando un suculento y delicioso desayuno. Tortitas con chocolate, mis favoritas.

—Hola, cariño, ¿qué tal te encuentras? —preguntó un sexy y apuesto hombre.

—Mucho mejor. No entiendo qué me puede estar sentando mal, pero tendré que analizarlo.

—Ya estamos con los análisis. Siempre analizando todo.

Me reí y le di la razón. Así era yo, analizaba hasta la cosa más imperceptible. Por eso quizá se me complicaban tanto las cosas a veces.

—Estoy hambrienta —dije al ver la montaña de tortitas que había preparado.

—El café ya está listo. Vamos al jardín.

Era el sitio más bonito después del jardín de mi casa que, por cierto, aún no había ido a visitar. La casa de Julián era muy cómoda, pero mi jardín..., mi jardín era idílico.

—Hoy va a ser un día movidito —dijo Julián mientras engullía una tortita como si fuera un rollito.

—Sí, creo que sí —añadí—. Me parece que no nos aburriremos.

Julián levantó la mirada y vi una gota de chocolate en sus labios.

—Deja que te limpie —dije al tiempo que me acercaba a lamer el chocolate.

Aquello fue el detonante para que el ambiente se caldeara más de la cuenta. Julián sujetó mi cara y me besó fuerte, con ganas, con esas ganas que tuvo que retener la noche anterior cuando yo estaba hecha un trapo. Me acercó a su cuerpo y pude notar cómo estaba listo para lo que se avecinaba. Me agarró de la mano y me llevó de nuevo al dormitorio. Me tumbó en aquella cama deshecha y me recorrió de arriba abajo como si fuera la primera vez que tocaba mi piel. Me derretí allí mismo, atrapada en sus fuertes brazos mientras me acariciaba con sus grandes manos. La pasión que había entre nosotros podía estallar en los momentos más inesperados y nos resultaba difícil ponerle freno. Era como vivir nuestro primer encuentro en cada uno de nuestros momentos. Se acopló a mí y navegamos en un mar de placer y de paz infinito. Nos movíamos al unísono conociendo a la perfección nuestros cuerpos. Escuché cómo gemía y su respiración se aceleraba. Me miró como pidiendo permiso, al ver aquella mirada, oleadas de calor subieron y bajaron por todo mi ser y gemí fuerte. Escuché cómo se deshacía conmigo, perdiéndonos en lo más profundo de nosotros. Olvidándonos de todo nuestro alrededor. Solo nosotros, solo nuestros húmedos cuerpos, solo nuestros afianzados sentimientos. Nos dejamos al vaivén del oasis de aquel estruendoso placer y todos nuestros sentidos cantaron al viento. Eso era lo que me hacía sentir cada vez que me tocaba. Podía rozar el cielo con los dedos cuando éramos uno.

Se colocó a mi lado y metió su cabeza en mi pelo. Aspiró hondo y me besó el cuello.

—No me has dejado terminar el desayuno —dije mientras le besaba.

—Tú has tenido la culpa. —Siguió regándome a besos.

—Si no paras no desayunaremos nunca y me muero de hambre.

Dio un brinco y me alargó la mano para que le siguiera. Nos vestimos y fuimos de nuevo al jardín a terminar lo que habíamos empezado.

Faltaban escasas horas para la ansiada fiesta de mi madre. Bueno, no solo de mi madre, sino también de Román, de Violeta, de Estela y de Óscar. Allí iba a pasar de todo y estaba deseando acudir y ser parte del público de la función. La fiesta prometía, desde luego.

Nos dimos una ducha y nos dirigimos a la casa de los festejos. Cuando llegamos, nos quedamos atónitos al ver cómo habían decorado todo. Parecía que alguien iba a casarse. ¡Dios mío! No lo había pensado… Quizá mi madre había preparado todo esto para anunciar su boda. No quería decirlo en voz alta por si fastidiaba la sorpresa, así que me callé y seguí el juego para ver si estaba en lo cierto y tendríamos boda muy pronto.

Vi aparecer a mi madre con un traje rojo despampanante. Estaba guapísima.

—Mamá, estás increíblemente guapa. —La abracé.

—Gracias, cariño, tú también estás… Estás preciosa. —Me miró de arriba abajo y sonrió.

—Te sienta de maravilla ese recogido —dije señalando el bonito moño que le habían hecho.

—Hoy era una ocasión especial, así que he hecho algunos cambios en mi pelo.

Desde luego que los había hecho. No había visto a mi madre casi nunca con el pelo recogido y también se había cambiado ligeramente el color. Le habían hecho un cambio de imagen espectacular. Le sentaba de maravilla el pelo recogido y con ese vestido rojo estaba impresionante.

—Hay más gente de la que esperaba, mamá.

—Sí, Román ha querido invitar a alguno de sus amigos y bueno, yo también he invitado a alguien. Espero que no te importe… —dijo mientras nos dirigíamos al jardín.

Eso sí que había sido una sorpresa inesperadísima. Mi padre y Ariadna estaban allí, sentados, mirando las maravillosas vistas de las cuidadas plantas que mi madre mimaba con tanto esmero.

—Papá —grité cuando los vi.

Mi padre se acercó y me abrazó tan fuerte que casi aplasta mis costillas. Hacía relativamente poco que nos habíamos visto, pero necesitaba su abrazo de nuevo para confirmar que todo estaba en su sitio.

—Ariadna —dije cuando mi padre se alejó un poco—. Qué sorpresa tan grande. No me esperaba en absoluto veros aquí.

—Tu madre ha querido que estuviéramos presentes en este evento y no hemos podido negarnos. Ya sabes cómo es… —Me guiñó un ojo.

—Qué me vas a contar…

No podía estar más feliz de tener a toda mi familia allí. Estaba encantada.

Julián apareció junto a su padre y estrechó la mano del mío mientras saludaba a Ariadna, siempre tan cariñosa. Comenzó a llegar más gente. El jardín empezaba a estar un poco más saturado que de costumbre. Los canapés comenzaron a llegar y Violeta aún no había hecho su aparición. Empecé a ponerme nerviosa al no verla por allí aún.

—Tranquila, aparecerá —susurró Julián con una sonrisa. Había leído mis pensamientos.

—Eso espero, aunque ahora que parece inminente, no sé si fue lo correcto invitar a Óscar. —Era la fiesta de mi madre y nada debía eclipsar el evento.

—Demasiado tarde. —Julián miró por encima de mi hombro.

Me giré sobre mi espalda y vi a Óscar de la mano de Estela a un lado y de Violeta al otro. Menuda entrada triunfal que habían preparado para el momento. Se acercaron a nosotros mientras Román enfocaba los ojos para comprobar quién era el acompañante de Violeta.

—Dime que ese no es Óscar —le dijo Román a su hijo.

—Papá, es su decisión y debemos respetarla. —Julián intentaba calmar las aguas bravas que se avecinaban.

—¿Desde cuándo están juntos?

—No demasiado. Tiene derecho a rehacer su vida. —Le puso una mano en el hombro para tranquilizarlo.

La conversación entre Julián y su padre no duró mucho más. Violeta ya había llegado a nuestra altura y parecía más nerviosa que nunca. Se acercó a su padre y le dio dos besos.

—Papá, ¿te acuerdas de Óscar? —Le tembló la voz.

—Cómo olvidarlo…

—Abuelo —Estela se lanzó a sus brazos—, mi papá ha venido a conocerme, ¿a que estás tan contento como yo?

Román la observó un instante y vio cómo brillaban de emoción los ojos de su nieta al tener a su padre cerca. No podía decir una palabra porque todo lo que dijera iba a estar de más.

Estela ya lo había dicho todo y ella era lo más importante para él.

—Claro, cariño —añadió Román—. Muy contento.

La niña bajó de sus brazos y corrió hasta las flores blancas que se movían al son de la suave brisa otoñal.

Román miró a su hija y Óscar extendió la mano a su suegro en señal de paz.

—Le prometo que cuidaré de ellas —dijo Óscar rompiendo aquel incómodo silencio.

Román no dijo nada. Estrechó su mano y miró a mi madre que sonreía feliz de que toda la familia estuviera allí para ver su momento. Ese momento que yo imaginaba y que ella no sabía que yo ya intuía. Román entrelazó los dedos con los de mi madre y ambos se apartaron de nosotros para ponerse debajo de un arco repleto de flores blancas. Román dio unos golpecitos en la copa con un anillo que llevaba en su mano y que yo no había visto e hizo que todo el mundo les prestara atención.

—Queridos invitados, en primer lugar, quiero daros las gracias por haber asistido a este especial evento. Tanto Clara como yo estamos felices de poder anunciaros algo que hemos estado planeando estas últimas semanas. —Román miró a mi madre que sonreía emocionada—. Esta no es una fiesta cualquiera —añadió sin poder parar de mirar a mi madre—. Es la fiesta de nuestro compromiso.

Un rumor se extendió por el jardín y las voces se acallaron cuando Román levantó la copa y animó a todos los invitados a brindar.

—¡Vamos a casarnos! —gritó Román a todos los presentes.

Un murmullo volvió a extenderse por todo el jardín y la gente comenzó a chocar sus copas acercándose para darles la enhorabuena.

Me aproximé a mi madre como pude y la rescaté de aquel ajetreo.

—Mamá, eres increíble. Mira que no decirme nada...

—Queríamos que fuera una sorpresa para todos. —Cogió mis manos y las apretó—. Estoy más feliz que nunca, Iris.

Y era verdad, había algo en ella que hacía mucho tiempo que no veía. Estaba tan pletórica que me asustaba que algo pudiera estropear aquel fantástico momento. La fiesta comenzó a animarse y los invitados bailaban al son de la música de Jazz que inundaba el jardín. Miré a mi alrededor y vi a todo el mundo contento, brindando y comiendo. Hasta Óscar estaba con Violeta y con la niña y los tres jugaban sonrientes. Eché un vistazo general y comencé a notar que el estómago se me giraba de nuevo. Violeta se acercó al ver mi cara.

—Iris, ¿estás bien? —preguntó—. Estás muy pálida.

—Sí, sí, solo estoy algo mareada, pero ya se me pasa.

—Ven. —Agarró mi mano y me llevó hasta el interior de la casa.

Entramos en el baño y se puso frente a mí como si tuviera que decirme algo de vital importancia.

—A ver, ¿tú te has hecho una prueba de embarazo?

Me dejó atónita al decirme aquello. ¿Una prueba de embarazo? ¿Embarazo? ¿Yo embarazada?

Sacó un predictor de su bolso y me lo extendió.

—¿Siempre llevas una prueba de embarazo en tu bolso? —pregunté con ironía.

—No, tonta. —Soltó una risa—. La he comprado para ti. He visto cómo vomitabas varias veces y me he preguntado si no estarías…

—Qué tontería. —Ahora me reí yo—. No estoy embarazada.

—Pues entonces no tendrás problema en hacerte la prueba si estás tan segura de ello, ¿no?

Para nada estaba segura. Estaba asustada como nunca lo había estado. Agarré la prueba y entré por la puerta que separaba el baño del tocador donde se alojaban el espejo y el lavabo. Abrí la caja y saqué aquel aparato que me miraba ansioso por tener una respuesta. Al cabo de un buen rato, salí del baño con aquello en la mano. No podía pensar con claridad. Tenía en mis manos la prueba de que podría…, de que podría haber otra vida dentro de mí. La puerta se abrió y vi a Julián cómo me miraba perplejo. Aún tenía la prueba en la mano. Se sorprendió al vernos portando aquello.

—Iris. —Se acercó y me acarició la mejilla.

—Julián… Aún es pronto, acabo de hacérmela y todavía no creo que…

—Pues enhorabuena —dijo Violeta mirando el resultado—. ¡¡¡¡Vais a hacerme tíaaaaaaa!!!!

Julián me abrazó y las lágrimas comenzaron a brotar por mi cara. ¡Estaba embarazada! ¡Madre mía! ¡Íbamos a ser padres!

Violeta nos abrazó y los tres lloramos emocionados. Julián me tocó la barriga y volvió a abrazarme preso de la felicidad que lo inundaba. No había pensado en esa posibilidad, pero ahora que la tenía delante, no me parecía una idea para nada descabellada. Ver crecer al hijo, fruto del amor más verdadero, era un auténtico milagro e iba a compartirlo con esta maravillosa familia que éramos.

EPÍLOGO

Andrea hizo su inauguración y nos invitó a Julián y a mí a pasar allí la primera noche para que le diéramos nuestro veredicto. Violeta y Óscar también vinieron y se quedaron a dormir encantados. Habían dejado a la niña con mi madre y Román, y así podían vivir un fin de semana romántico y solos entre comillas. Volvíamos a estar de nuevo todos juntos, excepto mi padre y Ariadna, que ya habían vuelto a la Toscana, en una nueva celebración. Esta vez la del éxito laboral de mi mejor amiga.

La inauguración fue espectacular y todos pudimos degustar comida casera que habían preparado los dos junto con dos cocineros que habían contratado para ayudarles. La casa había quedado preciosa. Era bastante acogedora a pesar de que era más grande de lo que imaginaba. Un caserón con siete habitaciones grandes, una gran cocina que habían ampliado juntando dos salones, un gran salón de comidas, baños por las dos plantas y un gran jardín con un inmenso huerto repleto de verduras, frutales, y hierbas aromáticas. Un paraíso para mis ojos y para mi olfato.

Todo había cambiado mucho en nuestras familias: mi madre estaba a escasos meses de contraer matrimonio con el hombre de sus sueños. Andrea había conseguido hacer realidad su sueño de tener un hotel sostenible en el que poder disfrutar de la naturaleza y criar a su hijo con todo el amor del mundo. Piero había vuelto a estar bien con su familia y con sus hermanos y había emprendido un viaje con el que daría la vuelta al mundo durante un año entero, estaba pletórico y mandándome unas fotos impresionantes de lugares increíbles. Violeta estaba viviendo una segunda luna de miel junto al padre de su hija que, después de tanto tiempo, seguía demostrándole que había hecho bien en tomar las decisiones que había tomado respecto a él. Se les veía felices y disfrutando cada día como el primero. Mi padre y Ariadna seguían con sus vidas en la idílica Toscana, haciendo yoga y vino, y disfrutando de un retiro más que merecido.

Y Julián y yo... Pues mejor que nunca, pensando que en unos meses tendríamos a nuestro bebé con nosotros y podríamos ver la carita de alguien muy nuestro, de un ser que había sido engendrado con todo el amor y el placer que ambos llevábamos dentro.

Salí al jardín unos minutos buscando algo de aire rodeada de todas aquellas plantas que tanto amaba. Me colé entre las flores que crecían en aquel huerto y acaricié sus pétalos brillantes y vivos. Una mariposa blanca se posó sobre una de las flores y entonces entendí que todo estaba en su sitio y que mi abuela había venido a decirme que todo iba a salir bien y que disfrutara cada momento como si fuera único porque, como ella solía decirme, los momentos son como las estrellas fugaces, pasan sin apenas darte cuenta.

Thank you

Si te ha gustado la historia me ayudaría mucho tu reseña o valoración (estrellitas sin o con comentario) para poder llegar a más personas interesadas en la literatura romántica.

Si no te animas a publicar una reseña también puedes escribirme a mi correo o por redes sociales y contarme qué te ha parecido. Me encanta recibir correos con vuestras impresiones.

isabeljimenezescritora@yahoo.com

Si queréis conocerme mejor y ser parte activa en mi camino como escritora, podéis visitarme en mis redes sociales; allí podréis ver todas mis novedades, mis pensamientos, mis inspiraciones y yo estaré encantada de que me acompañéis en esta gran aventura. Quiero conoceros y que me contéis más de vosotr@s.

Si lo que os apetece es hacerme algún comentario o sugerencia con relación a lo que habéis leído, estaré encantada de leeros. Se agradecen mucho vuestras interacciones, sin vosotros, todo esto no sería posible.

@isabeljimenezescritora

isabeljimenezescritora@yahoo.es

Página de autora de Amazon

Printed in Great Britain
by Amazon

23461851R10145